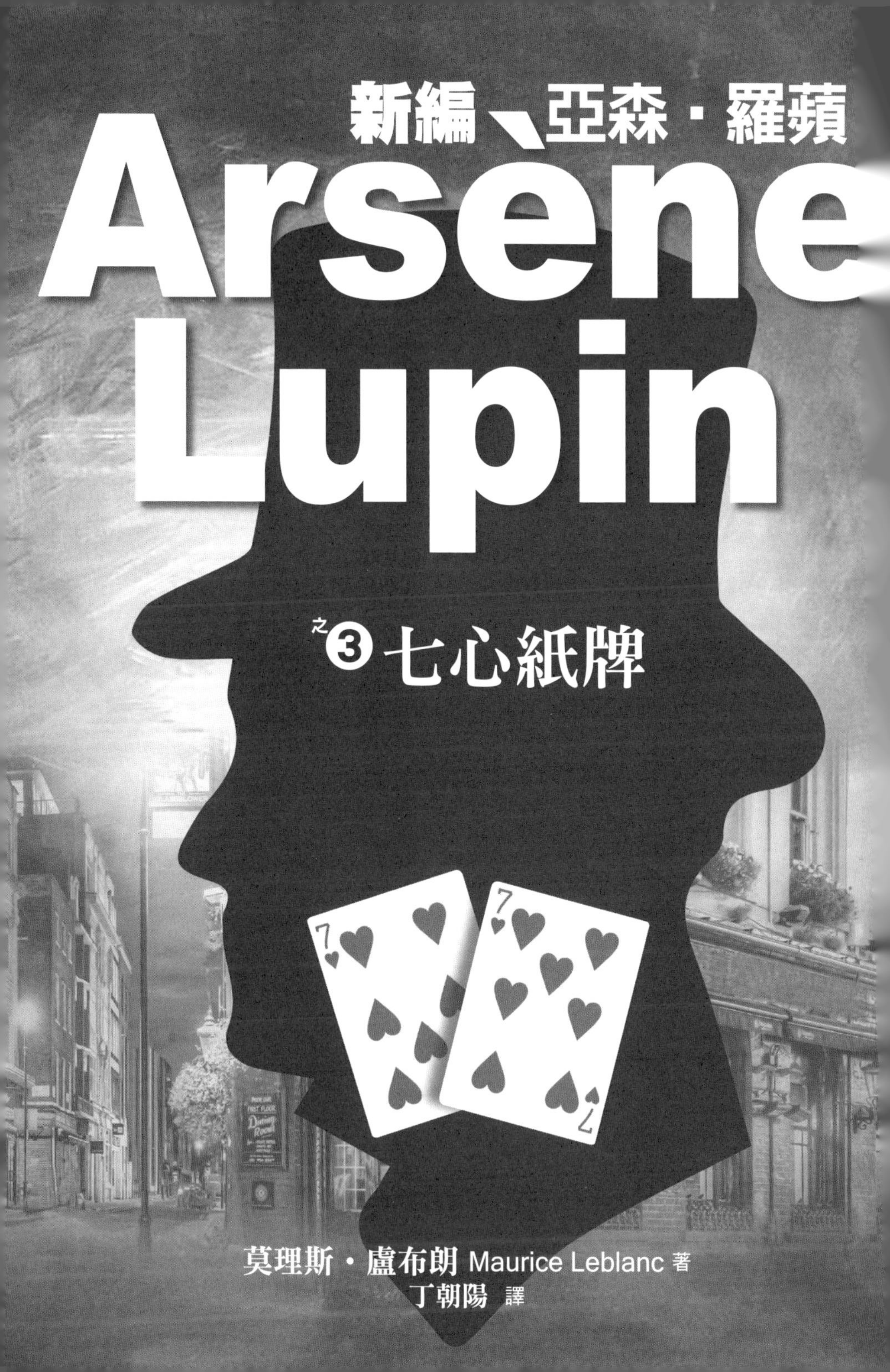

新編、亞森・羅蘋

Arsène Lupin

之❸ 七心紙牌

莫理斯・盧布朗 Maurice Leblanc 著
丁朝陽 譯

新編 亞森・羅蘋
Arsène Lupin

目錄
contents

序

史上最迷人的神偷大盜

朱墨菲

對所有喜愛犯罪推理的小說迷來說，書中那個擁有過人智慧、總是能一語道破案情關鍵的大偵探，無疑是全書的靈魂人物。

細數大眾耳熟能詳、鼎鼎有名的幾個大偵探，除了柯南・道爾所著《福爾摩斯探案全集》中的夏洛克・福爾摩斯；艾嘉莎・克莉斯蒂系列作品中的白羅和瑪波小姐，以及日本人氣推理動漫《名偵探柯南》外；名氣最大的莫過於法國名作家莫理斯・盧布朗所塑造出來的亞森・羅蘋這個角色了！

莫理斯・盧布朗甫一發表《亞森・羅蘋》就造成了極大的轟動，在全球掀起熱潮，百年來歷久不衰，原因就在於主角亞森・羅蘋行事風格的特立獨行，他頭腦聰慧、心思縝密、風流倜儻、家財萬貫，作風亦正亦邪，而他巧妙百變的身分更是令人目不暇給，無法捉摸，他最擅長的就是化妝術，什麼汽車司機、伯爵親王、走方郎中，這一刻，他是風度翩翩的王公貴族；下一秒，他可能成為出神入化的藝術大盜，每一次的變身都是撲朔迷離，難以預測，也許現在坐在你身邊的那個紳士，就是亞森・羅蘋呢?!正是他的多變造型，令讀者情不自禁地深陷在他的魅力之中。

羅蘋雖然行事離經叛道，但他盜亦有道，替小老百姓伸張正義，在所有的系列故事中，他真正犯案進行盜竊的只有九部！因此人們給他冠上「俠盜」、「怪盜」、「怪盜紳士」等雅號，堪稱史上最有名的世紀大盜。他的劫富濟貧，除了是因為同情下層人民的疾苦，亦是反映了當時社會貧富階級的巨大差異，與許多居上位者為富不仁、道貌岸然的醜陋面貌。

與正經八百、不苟言笑的福爾摩斯不同，流著法國浪漫血統的他，每一次的冒險總有紅粉知己相伴，不論是美國富豪之女、俄國流亡貴族、議員遺孀、女秘書、黑手黨情婦、夜總會中的舞女，每一次歷險都是一次戀愛的開始，也增添了他多情迷人的形象。

羅蘋作案手法高明，既紳士又幽默，既狡猾又機靈，無論是精彩絕倫的鬥智較勁，還是曲折離奇的懸疑情節，都讓喜愛推理小說的亞森迷大呼過癮，更難得的是他面對困境時的從容不迫，在千鈞一髮時靠冷靜思考脫離險境的技巧，每每令讀者驚嘆連連、拍案叫絕！

正因為亞森・羅蘋躍然於紙上的鮮活形象，使他不僅成為西洋偵探小說的雅盜典型，更啟發了無數名家的創作，好比我們就可以從古龍筆下的「盜帥」楚留香的身上一窺羅蘋的影子；或是從日本推理小說之父江戶川亂步創作的《怪人二十面相》、加藤一彥的《魯邦三世》和青山剛昌的《名偵探柯南》等書中找到亞森・羅蘋的原型。當初古龍的《楚留香傳奇》小說及改編的影視紅遍華人世界之時，評論家們大多認為楚留香的人設，來自其時風靡歐美的「〇〇七」情報員龐德；其實，稍一細看，便會發現：楚留香的形象、行徑，主要是取材自亞森・羅蘋。

回顧偵探小說的創始者，首推美國的詩人兼小說家愛倫坡（Allan Poe），在他所寫的驚悚小說裡，將杜賓刻畫成一個精於辨明暗記，善於做心理分析和解剖疑難的人物，愛倫坡也被譽為「偵探推理小說之父」；而將偵探小說發揚光大的，便是英國的柯南・道爾（Conan Doyle）和法國的莫理斯・盧布朗（Maurice Leblanc）了。

盧布朗生於法國巴黎市郊的盧昂，一生共創作了二十部長篇小說和五十篇以上的短篇小說，並曾獲法國政府小說寫作勛章。他從小就立志要走文學之路，高中畢業後，父親要他接手梳毛機的工廠，但他對此毫無興趣，整日躲在廁所裡創作。之後赴巴黎遊學，也未依照父親的希望攻讀法律，卻在報社及出版社工作。一八八七年，他出版了第一本長篇小說《女人》，一九〇〇年成為一名新聞記者。

一九〇三年，盧布朗應發行雜誌《我什麼都知道》的朋友皮耶・拉飛特之邀，請他撰寫偵探小說，向來只寫純文學作品的盧布朗起先並不願意，但因拉飛特再三懇求，於是嘗試創作偵探小說，刊載的第一篇作品就是〈亞森・羅蘋被捕〉，立即造成轟動，引起廣大迴響。「怪盜亞森・羅蘋」這個人物更使他一夕成名，成為揚名全世界的作家。

至一九三四年為止，盧布朗總共寫下超過近三十部「亞森・羅蘋」的系列小說（包含短篇小說集），最知名的有《俠盜亞森・羅蘋》、《怪盜與名偵探》、《八・一・三之謎》、《虎牙》、《消失的王冠》、《水晶瓶塞》、《棺材島之謎》、《金三角》、《八大奇案》、《魔女與羅蘋》、《兩種微笑的女人》、《神探維克多》等等，其中被改編成電影或翻拍成影集的更是不勝枚舉，代表了人們至今仍對他的俠義精神與幽默童心喜好不減。

有鑑於此，本公司特別精選了「亞森・羅蘋」系列中最經典亦最具代表的五個故事以饗讀者，包括《巨盜vs.名探》、《八大懸案》、《七心紙牌》、《奇案密碼》、《怪客軼事》，不論是看過或沒看過「亞森・羅蘋」的讀者，只要翻看本系列，都可以一起徜徉在亞森・羅蘋的奇幻冒險世界裡。

一　羅蘋被擒

這是一次有趣的旅行，出發時候預兆極好。我們所乘橫渡大西洋的輪船，名叫「普羅旺斯」號，行程非常迅速，設備也極舒適，船長又是一個十分和藹的人，船上乘客皆屬上流階級。

我們身處船上，大家好像在孤島上一樣，隔絕了大陸的任何地方，我們只有自得其樂。

其實我們在船上原是萍水相逢，上船之前，也許無一面之緣，現在卻能情投意合，想起來真不可思議。

我們在天淡雲低的海面上，一同在洶湧的風浪裡掙扎，一同在百無聊賴的沉寂中度日，唯一的希望，就是能早日到岸。唉！人的生活，有時複雜，有時單調，何嘗不是一段旅程呢？

感謝近來的發明，使我們雖在茫茫大海中，仍舊好像和大陸連接在一起，息息相通；使我們在海上枯燥的生活中增添不少趣味──這寶貴的發明便是無線電。

我們很神奇的接到外界的消息，好像是從另一個世界傳過來的一樣。因此，我們雖然在茫茫海中航行，一路上總覺得有人陪伴我們，保護我們，讓我們覺得並不是與世隔絕的。

那遠遠的聲浪，從陸地傳送過來，很清楚的跟我們交談著。有兩個朋友曾在無線電裡和我通過訊息，別的旅客也有自己的友人從空中送來種種音訊。

我們啟航後的第二天下午，離開祖國法蘭西的海岸已經有五百哩，這時海面上驚濤駭浪，輪船破浪而行。

船上接到一則無線電報，收報生正在記錄：「亞森・羅蘋正在你們船上頭等艙裡，右肘有傷，獨行無伴，他的化名是R……」

突然天空中響起一個霹靂，電報機受到震動，下面的字便模糊了。只知道羅蘋的化名第一個字母是R。

這是一個重要的電報，所有船員，不管船長和收報生都得嚴守秘密。然而，這個驚人的消息，終究是紙包不住火，被洩露了出去。

這一天還沒有結束，旅客已經議論紛紛，說那位大人物亞森・羅蘋正混在旅客中，誰聽了都不禁捏一把冷汗。

這位大人物亞森・羅蘋，原是一個神秘的大盜，幾個月前報紙上用巨大的篇幅刊登他的案件，轟動了整個法蘭西；大偵探老甘聶瑪費盡心機，總是捕風捉影。看來羅蘋神出鬼沒，專挑豪門貴族的府邸和別墅下手。

有一夜，他溜進姚梅男爵的宅第，卻沒拿走任何東西，只留下一張名片，寫著：「盜賊紳士亞森・羅蘋」，又用鉛筆附註「足下收藏如非贗品，當會再來造訪。」意思是他嫌男爵只收藏些假古董，所以才空手而返。

據說羅蘋最擅長的是化妝術，什麼汽車司機、歌伶、訂書匠、貴家子、美少年、龍鍾老翁、馬賽的行商、俄羅斯的走方郎中、西班牙的鬥牛士等，都會成為羅蘋的化身。如今竟然藏身在橫渡大西洋的郵船裡！

既然他坐了頭等艙，那麼餐廳，客廳，吸菸室這些地方，我們大概隨時會和他接觸到，於是疑神疑鬼起來。或許是那邊的那個紳士，或許是這邊的一個，也許坐在我餐桌旁的，正是亞森・羅蘋，這有誰知道呢？

翌日，有一位娜莉・安德堂小姐說：「我們在四五天的旅程中，總要被鬧得心神不寧，真可怕啊！我希望趁早把羅蘋捉到，讓大家可以高枕無憂。」

她又轉身對我說：「唐得烈先生，你跟船長熟識，可有什麼風聞嗎？」

娜莉是一個很可愛的女孩，年輕貌美，受到許多人的傾慕。她生長於巴黎，母親是法國人，其父親安德堂先生，是美國的資本家。她這次渡海，原是到芝加哥去探望她的父親，一路上有女友寇蘭夫人相伴。

我對於她，起初不過跟著大家的眼光略稍注意，後來同在一船，便逐漸親暱起來，迷醉在她的美貌中，只要看到她的盈盈雙眸，就會勾起無限遐思。

她好像也接受我的情意，聽我說故事和笑話時總是十分專注凝神，不時燦爛一笑。

可恨船上有個算是我臨時情敵的人。他是一個英俊的男子，衣飾講究，態度穩重，有時說一兩句冷笑話更能吸引她，似乎比我在巴黎時周旋於眾名媛間還受到歡迎。

娜莉向我說話的時候，我們幾個人正一塊坐在甲板上的軟椅中，昨天的狂風驚濤早已消失，現在碧海藍天，正是一個可愛的下午。

趁空我說：「沒有什麼消息，我想我們不妨學羅蘋的勁敵甘聶瑪的樣子，來偵探一下。」

「唉！你真的太性急了！」娜莉小姐這樣說。

我問道：「為什麼？難道不容易著手嗎？」

娜莉說：「不錯。」

我說：「我們有入手的線索，你可忘了？」

娜莉問：「什麼線索？」

「羅蘋的化名，第一個字母是R……」

娜莉說：「單憑這一點太難了！」

「還有，」我說：「第二，他獨行無伴；第三，他儀容俊美。」

娜莉說：「就憑這三點，你怎麼著手？」

「我們只要把頭等艙旅客的名單查看一下，逐一挑出來。」

說到這裡，我記得口袋中放著一張名單，便取出來，一看，有十三個人的名字開頭的字母是R。

娜莉問：「只有十三人嗎？」

「是的。這十三個頭等旅客中，我知道其中九位，都有夫人、兒女或僕人同行，另外四位卻沒有同伴，一個是賴浮登侯爵……」

「我認識。」娜莉小姐插口說：「他是大使館的秘書。」

「一位是勞笙大佐。」

旁邊有人接口說：「他是我的叔父。」

我又說：「第三位是呂福泰先生。」

「不敢，鄙人在此。」

我回頭一看，說話的是一個滿目濃髯的義大利人。

娜莉小姐不覺失笑說：「這位先生可算不上俊美吧？」

我接著說：「第四位朋友，嫌疑最大了！」

娜莉問：「他叫什麼名字？」

我說：「第四位是羅才先生，諸位中可有誰認識他？」

這時，在座的人都默不作聲，娜莉回頭，對她旁邊靜坐著的那個少年說：「你怎麼說，羅才先生？」

她的話立刻吸引許多人的眼光，都投注在那少年的身上，見他偏又是生著一頭秀髮。我的心微微動了一下，別人不作一聲，可也見得感到震動。但是羅才的態度十分冷靜，沒有可疑的地方。

只見他從容地向娜莉說：「叫我怎樣說才好！我的名字開頭的字母是R，又生著一頭秀髮，也沒有人陪伴我旅行；我們心自問，也和你們的意見一樣。我想還是把我拘留起來的好。」

他語露無奈地說，眼睛睜得很大。

大家並不去理睬他的俏皮話，但他的臉色使人瞧了十分難受，娜莉帶著嬌滴滴的語氣問道：「你手肘上有傷痕嗎？」

羅才應道：「不錯，但傷痕卻不知道哪裡去了。」

他很不安的捲起衣袖來。

我在一旁看得仔細，忙向娜莉小姐遞了個眼色，羅才所捲的衣袖並非右臂，卻是左臂。

我正想道破的時候，突然看見娜莉的女伴寇蘭夫人急匆匆的跑來，神色倉惶，喘得說不出話，其他的人撇開了方才的話題，圍著寇蘭夫人看。

她歇了一下，掙扎著說：「我的首飾，我的珠寶……全被人偷走了。」

大家趕去一看，手飾並沒有完全被偷，那竊賊經過精密的挑選，把首飾中最值錢的珠寶都挖去，鑲底仍舊留在桌子上，好像一朵鮮花摘去了有色有香的花蕊花瓣，只留下花蒂和枝葉。

據說竊案在白天發生，寇蘭夫人在外面用午茶，那竊賊便在一條常有人來往的通道上，打破艙門，在一只薄板箱中發現寇蘭夫人的小首飾匣，他毫不客氣地打了開來，挑剔揀取，從容懷寶而走。

這件大竊案，無論哪一個旅客，都說是亞森・羅蘋的傑作。

晚餐時，羅才先生兩旁的座位空著沒有人坐，對他都抱有懷疑。

黃昏時，船長派人傳喚羅才前去，我們紛紛猜測，以為他必遭拘禁——亞森・羅蘋已經落網！

大家這樣一想，於是放下了心頭重擔，又開始縱情享樂，客室中，我們有時圍坐猜謎，有時捉對跳舞。

娜莉顯得極愉快可愛。她的芳心中雖曾留下過羅才的身影，如今已經完全抹去了。我迷醉在她的嬌媚中，在深夜靜靜的月光下，我鼓起勇氣，向她吐露我的愛慕之心，她也並不見怪。

第二天卻有了令人十分失望的結果：羅才的嫌疑因為沒有充分的證據，船長已將他釋放，他自稱是法國包爾多城一個富商之子，所攜文件盡可證明，他的兩肘也沒有什麼傷痕。

有些旅客對於船長的舉動表示反對，說：「所謂證明的文件，大概是出生證明一類的東西，要羅蘋拿出十多張來，也可以辦到！至於傷痕，也許他不曾受傷，也許傷痕已移去了，誰知道呢！」

有的旅客聞言說：「推測竊案發生的時間，羅才正在甲板上散步，看來他未必有關係。」

也有人反駁說：「亞森・羅蘋神通廣大，這種竊案不必他親自到場。」

其實，羅才這次的確是一人獨行，姓名開頭的字母是R，和那封警告的無線電報正是吻合的。

茶點前幾分鐘，羅才從容的從人群中走來。寇蘭夫人和娜莉小姐便走開了，別的旅客見了羅才，也不禁毛骨悚然。

過了一小時，有一張通知在船員和旅客群中輪流傳閱。

原來路易・羅才先生懸賞一萬法郎，徵求發現真正的亞森羅蘋，或找到寇蘭夫人被竊的首飾。羅才還告訴船長說：「如果沒人肯助我一臂，我只得自己挺身跟這惡賊作戰了！」

反對羅才的人說：「**亞森・羅蘋跟亞森・羅蘋大作戰**，真是大笑話了。」

羅才卻不管別人怎樣說，這兩天裡，他不斷地在水手群中盤問探查，直到深夜還不肯休息，真辛苦極了。

船長督率職員，把「普羅旺斯」號輪船從船頭搜到船尾，艙房裡更查得厲害；依他們看，那首飾一定藏在什麼地方，絕不會在竊賊自己的艙中。

娜莉見他們這樣檢查，便向我說：「任羅蘋神出鬼沒，可也不能把那些珍珠寶石變得無影無蹤，這樣嚴厲的檢查，可能找得到嗎？」

我說：「未必，除非把我們的衣帽都拆開來檢查，我們攜帶的東西也得好好的查驗一下。」

我把手中的柯達照相機給她瞧看，這照相機只有五寸長四寸寬，平日我用來拍攝她的種種姿態。

我說：「這樣大小的照相機裡可以放得下寇蘭夫人的首飾，誰會疑心到呢？」

娜莉說：「據說盜賊手段無論怎樣厲害，總有蛛絲馬跡可尋。」

我說：「但有一個人從不留下形跡的。這人便是亞森・羅蘋。」

「為什麼呢？」

「他是一個很精明的人，在犯罪的時候，一切都想得很周到。」

娜莉笑著說：「你倒很讚許他。」

我忙說：「我可沒有親眼瞧見他幹什麼竊案。」

娜莉說：「那麼你以為……」

「我以為我們是徒費時間罷了！」這是我的結論。

船員們的努力毫無報酬，結果船長衣袋中的表又告失蹤。船長很生氣，對羅才盤問了好幾次。

第二天，副船長的領圈中忽然發現一只表，正是船長的東西。旅客們聽了這件事，不覺失笑，暗暗佩服亞森羅蘋的手腕夠得上藝術家的資格！

他遊戲人間，好像編劇家看著臺上演出他親手安排好的喜劇，大概也會忍俊不禁。

亞森・羅蘋真不愧是藝術家！我看到羅才態度沉著，一人身兼兩角的確是煞費苦心。我每次和他交談，都暗自由衷的佩服他。

船到新大陸的前一晚，負責守望的船員聽見船角黑暗處有人在呻吟，他奔過去一看，甲板上直挺挺的躺著一個人，兩手反綁，臉上蒙著灰色的厚巾。

船員趕快給他鬆綁，扶他坐起來，又灌了一點飲料。

在燈光下看見這位不幸的朋友，正是被疑為亞森・羅蘋的羅才先生。據他說，他在甲板上探查賊人，遭到了襲擊，身上的錢也被劫走了。

羅才的衣服上用別針扣著一張名片，寫著：

「亞森・羅蘋敬領羅才先生的賞金一萬法郎。」

其實羅才身上的手冊中夾著兩萬法朗的紙幣。

有幾個旅客攻擊羅才，說他被綁遭劫，完全是做作，但查看他身上的綑綁，自己是做不到的，名片上的字也不是羅才的筆跡。

船上恰有一張舊報紙，上面印著羅蘋的筆跡，取來核對一下，名片上的字正和羅蘋的一樣，於是大家才知道羅才的確是包爾多城富商之子，毫無嫌疑，亞森・羅蘋確實在船上，混跡在旅客裡呢！

這件事給全船旅客帶來極大震撼。彼此知道來歷的旅客，整天小心翼翼的廝守在一起，誰也不敢孤身留在艙房裡，更不敢獨自在船中走得很遠。

就是很熟的人中，也有暗自起了猜疑的；從前猜疑還集中在羅才一人身上，現在卻是每個人都有被認為是亞森・羅蘋的嫌疑。

疑神疑鬼，幻想重重，因為羅蘋的化妝，常常出人意料之外，也許他是可敬的勞笙大佐，也許他是高貴的賴浮登侯爵……直到後來，連那些帶著家眷的旅客，和姓名開頭字母不是R的，也逃不了是亞森・羅蘋的嫌疑，船上簡直成為恐怖世界了。

不知是否船長故意守密，或無線電中確定沒有什麼消息，我們都絕無所聞，在恐怖中，挨過船中生活的最後一天。

大家想羅蘋做了這兩次竊案，一定還不滿足，也許第三次發生的不是竊案，而是暗殺的慘劇了，誰知道呢？他混跡旅客群中，儼然成為一船之主，船員們也奈何他不得，任他為所欲為，我們的生命財產幾乎成了他的囊中物。

我雖跟著大家恐懼焦急，然而我也感到這時是最甜蜜的一刻。娜莉小姐見了這樣可怕的事件，十分害怕，她對我已有充分的信任，就整天陪伴著我，以求我的保護，我真是說不出的高興。

我迷醉在娜莉的愛情中，不覺在內心深處祝福亞森・羅蘋，感謝他的大力幫忙，使我做著溫馨的情夢。輪船近岸的時候，我們還相依相偎，並肩靠在欄杆，看著美國的海岸線漸漸地迎面接近。

這時全船上下的人等候著那最後的一刻，可能揭曉這謎題——**亞森・羅蘋化裝成什麼人？冒用什麼姓名？**

果然，最後的一刻到了，別說其他的旅客，就是我，畢生也不能忘掉這時的情形。

娜莉小姐很激動，靠在我的手臂上，幾乎像要暈過去。

我瞧著她說：「娜莉，妳的臉色為什麼這樣蒼白呢？」

她說：「你自己的臉也變色了！」

我說：「這重要的最後一刻，誰不會覺得興奮——但現在我還能跟妳並肩絮語，是多麼的快樂，你以後還能回憶，這……」

那時娜莉十分激動，也不曾聽清楚我的話。

船靠碼頭，放下吊梯。旅客還不曾上岸，便有幾個人，像海關職員、郵差和警察等到船上來。

娜莉緩慢地說：「我希望在這時候得悉羅蘋在中途脫逃，那就好了。」

「是啊！」我說：「依羅蘋的行事而論，他寧願葬身大西洋中，也不願被擒，去嚐鐵窗風味呢！」

娜莉用媚眼看著我說：「你還有心情說笑話嗎？」

我抬頭一望，突覺一震，向娜莉說：「吊梯旁邊站著一個瘦瘦的老頭兒，你看見了嗎？」

娜莉說：「是不是穿青色外衣，帶著一把傘的那個？」

「是啊！他就是甘聶瑪。」

「甘聶瑪？」

我說：「不錯。這位著名偵探曾立誓生擒亞森・羅蘋才甘心——我明白了！船上後來得不到關於這方面的消息，就是因為甘聶瑪的干涉，他老人家總是一向獨行其事的。」

娜莉問：「你以為他已經得到線索，羅蘋一定逃不過他的掌握嗎？」

我說：「這可不敢斷定，據說甘聶瑪也不曾見過羅蘋的真面目，每次他總是化裝成不同的人物，現在除非甘聶瑪知道羅蘋在這船上的化名是什麼。」

娜莉聽得很有趣，撒嬌地說：「啊！我倒很想看羅蘋被擒！」

我說：「不久就可以知道了，大約那個羅蘋也已瞧見仇敵當前，他要等那老頭兒兩眼看累了，才跟著最後的一批旅客離船。」

船上的旅客們已經魚貫的走上吊梯，我看見甘聶瑪的神情閒適，撐在傘柄上，不讓人看出他在注意那些登岸的旅客。我還看見他的背後站著一個船員，不時在他的耳邊低聲說話，大概是報告旅客的姓名。

這時，賴浮登侯爵、勞笙大佐、義大利人呂福德一一走過吊梯，接著有好幾個人要過去，可憐的羅才也走上吊梯了。

看羅才的樣子，十分頹喪。

娜莉說：「我以為羅才就是『他』，你同意嗎？」

我笑著說：「如果把羅才和甘聶瑪合拍一張照片，倒是絕妙的留念。對不起，我手中東西已經拿滿，你可以幫我拿這照相機嗎？」

我來不及拍照，便把那架柯達照相機遞給她。

羅才走過吊梯，那船員彎下身去，在甘聶瑪耳邊說了幾句低語；甘聶瑪聳聳肩胛，一無動靜，讓羅才慢慢地走過去。

天呀！**究竟誰是亞森・羅蘋？**

娜莉也失聲說：「誰是亞森・羅蘋呢？」

那時又有二十多個人接連離船，娜莉目送著，猜想亞森・羅蘋就在這幾個人裡面。

我等得不耐煩了，對她說：「我們走吧！」

娜莉在前面慢慢走著，我跟在她的後面，充當護送。

哪裡知道我們走不到十步，就被甘聶瑪在前面攔住了去路。

「這是什麼意思？」我嚷著問。

「且慢！先生。」甘聶瑪說：「別急著走啊！」

我說：「我正護送著這位小姐。」

甘聶瑪嚴厲地道：「且慢！」

他尖銳的眼光掃過來，正和我的眼光接觸，便說：「足下可是亞森・羅蘋嗎？」

我連忙陪笑說：「不是，我叫培納・唐德烈。」

甘聶瑪說：「培納・唐德烈三年前就在馬希道尼病故了。」

我堅持說：「不對，你說培納唐德烈病故，我人可還在這裡，並且有證明文件呢！」

甘聶瑪說：「文件原是屬於培納・唐德烈本人的，可需要我告訴你，你是怎樣把這文件弄到手的？」

我見他這樣胡纏，生氣地說：「你瘋了嗎？亞森・羅蘋在這船上，誰都知道他的姓名起頭的字母是R！」

甘聶瑪說：「我很明白你的詭計，你故意放風聲，好讓人注意姓名開頭字母是R的朋友。孩子，你的心思很縝密，可惜命運偏不幫助你。羅蘋，你雖失敗，也要磊落些，快跟我走吧！」

我支吾地還想分辯，老甘聶瑪突然在我的右肘上猛力一擊，這一下出我不意，正打在我沒有收口的傷痕上，我不覺嚷起痛來。

我自知抵賴不過，只好屈服。

在百忙中，我回頭瞧了瞧娜莉小姐。她聽見我和甘聶瑪的談話，嬌豔的臉龐上泛出慘白，身體不停顫抖著，快要支持不住。

我和她的眼光一接觸，她立刻低眼瞧著我給她的那台照相機，略略動了一下。大概她也知道，我在被捕之前遞給她的照相機一定含著秘密，原來我的確把寇蘭夫人的珍飾和羅才的兩萬法朗紙幣藏在蒙著黑摩洛哥皮的夾層中。

這時候，我在甘聶瑪和他兩個部下的掌握中萬難脫身，旁邊的旅客和群眾對我的熱嘲冷罵已達極點。

我雖覺得難堪，態度倒十分平靜。我所關心的，是娜莉小姐對我的照相機怎樣處理，即使警方得到這個鐵證，給我什麼判決，我也絕不畏怯；但我要看對我含情脈脈的娜莉小姐會不會把這樣證物自動呈繳上去。

我心亂如麻，這位溫柔美麗的姑娘，真的會出賣我？也許她豔如桃李，冷若冰霜，要跟我作對；也許她回憶一路上跟我纏綿的畫面，以憐惜來代替輕視——她究竟怎樣，只要在這一剎那間看她的舉動便夠了。

當時娜莉已在我面前走過去，我默不作聲，目送她隨著許多乘客緩緩前進，手中還握著我的柯達照相機。

我暗想碼頭上耳目眾多，她自然不敢立刻呈繳那證物；大約一小時後，這照相機總會交到檢察官面前了。

娜莉小姐正走到吊梯的半途，忽然不小心，手中的照相機掉入水中，落在碼頭和船舷的中間，水花四濺，什麼也沒有了。

我知道她是故意的，便帶著感謝的眼光，目送她窈窕的背影隱在人叢中忽隱忽現，最後走遠。

我甜蜜的情夢也宣告結束了，什麼都完了！

我站在那裡，一動不動，對甘聶瑪說：「唉！我的確是一個卑鄙的人啊！」

上面是亞森・羅蘋對我（筆者自稱）的口述。

某個冬晚，羅蘋把他就擒的始末一一說給我聽。

我以前因為意外的機緣和羅蘋結成知交，友誼非常深厚，他一有閒暇便常來看我。

他每次來總是精神煥發，使我寂寞的書房中充滿了生氣。

可惜我到如今還不曾知道亞森・羅蘋的真面目。我跟他見面，雖然有過二十次之多；每次站在我眼前的，總是另一副模樣。他的化裝，不但面目不同，姿勢態度也不同。

有一次，他曾對我這樣說：「我自己都忘記自己的真面目究竟是怎樣的了，有時對鏡一照，也疑惑是我非我。」

他的話未免有點自誇，但是熟悉羅蘋的人，知道他既有天才又有恆心，化裝的本領登峰造極，可以把臉部的輪廓和紋痕完全改變。

他又說過：「我何必老是現出同樣的面目來！一個人倘若老是同樣面目，極有危險；為自我考量，應該避免這種危險，可惜別人看了我的動作，就已知道我是羅蘋了！」

接著他又自誇的說：「我希望有人看見了我，不能確定說我是亞森・羅蘋；但看了我的行事，便決然的說是亞森・羅蘋幹的，這樣我就心滿意足了！」

二　在監獄中

當你在塞納河兩岸遊歷，定能看見在烏美夷和聖旺德爾的廢墟中間，有座叫做馬拉磯的古堡。

這座古堡很小，建築奇特，造在河中孤島的山石上。

堡前是一條吊橋，跟大路相通。堡基的石塊非常壯麗，好像是山頂上鑿下的花崗石，四周圍繞著碧綠的河水，在蘆葦中起著泡沫。一群群的鶺鴒，在水花亂濺的亂石上歇腳，顯出膽怯的樣子。

回憶馬拉磯的歷史，著實令人驚心，它經歷過不少的戰爭，包圍、攻擊、殺戮，在過去是家常便飯。

在夜深人靜時，聽高克司鄉人圍爐談起對馬拉磯古堡過去的罪惡史，誰都會毛骨悚然的。

在這樣的傳說中，自然混著許多神秘的話語。甚至有人說，堡中有一條著名的地道，直達烏美子大寺和查理七世情婦安格尼雪梨遺下的古堡中。

這座馬拉磯古堡，從前雖是英雄大盜顯身手的地方，現在卻成為南錫・賈恩男爵的別業。

包士河一邊的人把這位男爵稱作怪爵，因為他偶然在那邊發了一筆大財，變成富翁。男爵一有了錢，便從破落戶手中買下馬拉磯堡當作住宅。

他畢生收藏的古董全存放在堡中，三名老僕伴著這位怪爵住在堡裡。

外面的人誰也不曾到過這座古堡，自然不知道裡面的陳設。據說有許多名畫、雕刻和寶物，都是男爵在拍賣場中用高價競標，擊敗許多富豪所陸續購來的稀世珍寶。

可憐這位怪爵，生活得並不快樂，時常提心吊膽的過日子。他並不憂慮自身的危險，卻惟恐他辛苦蒐集來的寶物能不能長保。

他對於寶物的愛戀勝於守財奴的貪念，痴情人的妒心，每到黃昏，吊橋兩頭的四扇鐵門和庭院出入的門口都會下鏈加鎖。偶有觸動，在一片寂靜裡，電鈴便很響亮的鳴叫起來。

至於塞納河那邊，凸出水面的山石給馬拉磯堡做了屏藩，倒是不必擔心。

九月的某一天，正是星期五，送信的郵差照例走到橋頭，男爵也照例親自去開門。他總是很仔細地打量著郵差，好像久別重逢的老友一樣。

郵差陪笑說：「不敢，男爵，在下正是郵差，並非冒牌貨，絕不會有人穿戴了我的衣服來蒙混你的！」

「然而，往往有出人意料的事！」男爵喃喃地說。

郵差先生遞給男爵一份報紙，接著說：「男爵，今天我還帶來特別的東西呢！」

男爵驚異說：「特別的東西？這是什麼意思？」

郵差說：「一封信……一封掛號信！」

原來這位怪爵與世隔絕，獨處古堡，和社會上毫無往來，平日從未接過任何書信。今天這封掛號信，像是從天外飛來的，他突然感覺到心神不寧，會是哪個惡作劇的人，寄這封信來打擾這位孤獨的怪爵呢？

這時郵差催著說：「男爵，請您在收條上簽名。」

男爵帶著咒罵簽完了名，把信收下，目送郵差走遠，很不安的踱了幾步，便靠在橋欄上拆讀那封掛號信。

他大略一看，裡面的信箋印著「巴黎森特監獄」幾個大字，信尾的簽名，端端正正，正是「**亞森·羅蘋**」！

這對於男爵，彷彿晴天霹靂。男爵顫抖著把那信從頭讀下去：

男爵：

您的府上接連兩間客堂的圖書室中，名作頗多。斐力特夏班的那幅確是傑作，不勝欽羨！還有那三幅羅本的名畫和華督兩畫中較小的一幅，也為我所深愛。您右面的客堂裡陳設著路易十三的邊桌，蒲凡的壁櫥，帝政時代的座架，上有賈可勒簽字的和文藝復興時代的書籍；左面的客堂裡，放著一箱小擺設和小畫像，也是很名貴的。

以上所提到的東西，被我得了，我便心滿意足，可以立刻去變換現金。我特此專函奉告，請您替我妥為包好，寫明我的姓名，在星期六或星期日，送到巴蒂紐車站，並付清車資。

如果您不肯照做，我準時於本月二十七日星期三晚上親自到府面取，但是我親自來的話，所拿的恐不只上述區區，切勿怪罪！

再者：華督兩畫中較大的一幅，足下雖在競標時花了三萬法郎的高價，實是贗品，請勿惠下。該原畫已於第一共和時代，在勃拉民的宴席上燒毀，事詳吉勤未刊的回憶錄中。

還有路易十五裝飾用的玉佩，也極可疑，我以為亦是偽品，並無覬覦之意。

亞森．羅蘋，於森特監獄

如果這是另一個人的手筆，賈恩男爵也要大吃一驚，何況是大名鼎鼎的亞森．羅蘋！

男爵平日看報，對羅蘋神出鬼沒的伎倆早已深印心底；他也知道天網恢恢，疏而不漏，羅蘋在美洲被老甘聶瑪捉住，正嚴密的拘禁在獄中，並進行預審，再也不能鑽出鐵窗幹竊盜勾當了。但羅蘋的本領卻出乎人們意料之外，比如這馬拉磯堡中的房間和陳設，羅蘋既不曾來過，又沒有誰告訴他，他怎會瞭如指掌呢？

男爵抬眼望著這馬拉磯堡，建築的多堅固啊！豎著石柱，實在插翅也難飛，於是男爵聳聳肩，心想何必杞人憂天，他的寶庫，世界上恐怕沒有人會闖進來的！

轉念一想，這古堡雖有鐵門吊橋和堅厚高大的牆壁，能夠阻擋那些狗盜鼠竊，但對於羅蘋，怕沒有什麼大用處，只要羅蘋願意，什麼障礙都阻擋不住的。

那晚，男爵寫了一封信給魯昂的警方，並附上那封恐嚇信，要求警察的保護。

總算警方的覆信來了，說羅蘋正關在森特監獄裡，獄禁森嚴，哪裡能夠寫什麼書信，不用說，一定是別人冒名的。並有查驗筆跡的專家把羅蘋的信仔細審查，也說筆跡雖有相似的地方，卻非羅蘋手筆，因此請男爵放心。

男爵的心中可並不因此有絲毫鬆懈，「筆跡雖有相似的地方」一語，可見專家也懷著疑問，現在最好還是請求警察的保護要緊。

他愈想愈覺得那封信很可怕，信中指定了日期，說親自到府面取，這是多麼大的威脅啊！

男爵平日沉默而多疑，雖知道老僕們忠實，仍不敢信任，什麼事都避開他們談起，這次他忍耐不住，很想跟他們商量一下。警察既不來保護，自己又無力抵抗，最好到巴黎找什麼退休偵探來幫忙警戒。

在第三天，男爵看到歌德沛日報上有一則新聞：

有名的大偵探甘聶瑪先生，現在來哥德沛一遊，預備逗留三星期。甘聶瑪先生近來捉住亞森・羅蘋，名震全歐；因為辛勞，所以想過安寧生活，在塞納河邊垂釣消遣，恢復疲倦的精神。

男爵驚喜交集！這聰明又能幹的甘聶瑪，正是亞森・羅蘋的對手，也正是男爵理想中的保鏢，於是男爵不敢怠慢，奔到四哩外的哥德沛市去找甘聶瑪。

他高興的趕著路，因為他覺得有了甘聶瑪幫忙，什麼都不必害怕了。

偏偏男爵在哥德沛市找不到甘聶瑪的住址，虧他想到立刻赴哥德沛報社去打聽。記錄那段新聞的記者，走到窗前對男爵說：

「甘聶瑪，恐怕你早已碰見他了，他正拿著釣竿，在碼頭上；方才我見他釣竿上刻著的姓名，知道是他。看！那邊樹下，穿禮服戴草帽的小老頭，不是甘聶瑪是誰？」

「就是穿禮服戴草帽的那個嗎？」

「正是。這老頭兒沉默寡言，很容易生氣，不大好對付。」

不用片刻，賈恩男爵出現在甘聶瑪面前，介紹自己的姓名。

甘聶瑪冷漠的不作一聲。男爵沒辦法，只好老老實實的把羅蘋來信恐嚇的事告訴甘聶瑪。

甘聶瑪十分鎮靜，尖銳的眼光看看水面，臉上神色絲毫未動。

他聽完，抬頭把男爵打量一下，帶著憐憫的態度說：「先生，賊人下通知單再來打劫，這可算是極難得的，亞森・羅蘋也未必這樣。」

男爵囁嚅地說：「然而……」

「先生。」甘聶瑪說：「如果我略有懷疑，何妨再來一次，叫羅蘋去嚐鐵窗風味，可惜他早已在監獄中了。」

「也許羅蘋已經越獄了？」男爵懷疑地說。

「森特監獄中的囚犯是插翅難飛的。」

「然而羅蘋……」

甘聶瑪接口說：「羅蘋未必比別人厲害。」

「然而……」

甘聶瑪說：「如果他真的越獄了，我可以再把他捉住，這是極容易對付的。目前你盡可好好的去睡覺，別把我的魚嚇跑了！」

談話完畢，男爵敗興而歸。好在甘聶瑪若無其事，男爵也放心了不少，他一邊仍舊小心門戶，嚴察僕人，戰戰兢兢的過了兩天。

男爵靜心一想，也暗笑自己的害怕沒有理由。賊人絕不會下了通知單再來打劫，甘聶瑪的話確實不錯啊！

但是，羅蘋約定的日期慢慢接近。

十二月二十六日星期二早晨，古堡裡還沒有動靜。

到了下午三點鐘，門鈴響處，一個孩子送進電報來。男爵一看，上面說：

巴蒂紐車站並未運到尊物，準明晚來取，盼準備。羅蘋。

男爵十分不安，幾乎想把東西送去，向羅蘋屈服，但他怎肯放棄這些古董。最後，還是決定趕到哥德沛去。

甘聶瑪仍在老地方，坐在矮椅上釣魚，神態安詳。男爵把電報給他看，默默的等老偵探有什麼表示。

「怎樣？」甘聶瑪冷冷的問。

「什麼怎樣！明天便是他動手的日子！」男爵害怕地說。

「什麼事？」

「盜竊啊！」男爵趕忙說：「他要偷我的古董！」

甘聶瑪很不高興的說：「這些小事也得來打擾我嗎？」

男爵懇切的說：「請您在星期三到我堡中耽擱一晚，我當厚謝。」

甘聶瑪不耐地說：「感謝好意，請你別再煩我了。」

男爵哀求道：「不瞞您說，我是一個富人，有的是錢，您要多少代價，請您告訴我。」

甘聶瑪見男人十分誠懇，頓了一下，才慢慢地說：「我是請假來此，可沒有權……」

男爵見他有點動心，急忙說：「不要緊，沒人知道的，我一定嚴守秘密。」

甘聶瑪說：「這樣就好。」

男爵接著問：「三千法朗夠了嗎？」

甘聶瑪沉吟一下說：「就這樣吧！但我還是勸你，犯不著花這一筆錢的。」

「我不介意。」男爵激動地說。

「既然你執意這樣，我不妨替你防備一下。」甘聶瑪答應了：「羅蘋出沒無常，可算得是一個魔鬼，又有許多黨羽幫他……你的僕人們靠得住嗎？」

「我……」男爵遲疑地不能回答。

甘聶瑪接著說：「他們既不能幫我的忙，還是讓我拍電報去召集兩個部下來，可以放心一點……最後，別讓別人瞧見你跟我在一起，趕快回去吧，明晚九時我一定來馬拉磯堡。」

第二天清晨，正是羅蘋準備動手的一天。賈恩男爵取下掛在牆上的武器，又擦拭手槍，查看馬拉磯全堡，沒有任何形跡可疑的事。

好不容易等到晚上八點半，他打發三個老僕去睡了。

他們所睡的地方，是在古堡右端後面，沿街的一角，男爵待他們睡去，便悄悄出去，開門等甘聶瑪一行人來。

甘聶瑪帶著兩個助手來了，這兩個助手，身材魁梧，甘聶瑪把他們介紹和男爵。接著，甘聶瑪問明羅蘋想來行竊的房間，便進去仔細察看，牆壁的情形和壁櫥的後面都逃不出他尖銳的眼光。

他派那兩個助手守在中間的圖書室中，鄭重地吩咐說：「你們可明白嗎？別打盹！一有動靜，就打開面對院子的窗口叫我，沿河那邊三十尺的斜石，也攔阻不住他的來去，你們也得注意啊！」

甘聶瑪吩咐完畢，便把這兩個助手反鎖在圖書室中，鑰匙帶在自己身上，再對男爵說：「走吧！到我們的地方去！」

甘聶瑪過夜的地方，是他自己選定的。這是位於兩扇大門中間的一個小房間，從前原是守堡人住的地方。對著外面的吊橋，有一個瞭望孔；對著裡面的院子也有一個瞭望孔，望得見院子一角那個井口。

甘聶瑪看了一下，對男爵說：「據你說，這井口從前是地道的出入口，不知什麼時候被人堵塞的，是嗎？」

男爵應道：「不錯。」

甘聶瑪說：「除非羅蘋知道這地道還有別的出入口，那麼今夜也許有事；如果沒有別的出入口的話，我們儘管高枕無憂吧！」

甘聶瑪一邊說話，一邊把三張椅子排在一起，很舒服的躺了下來，點燃菸斗，吸了幾口，緩緩地說：「男爵，羅蘋被關在監獄裡，我們卻像笨蛋一樣擔心，羅蘋要是知道這件事，肯定要笑得半死了！」

男爵哪有心情聽甘聶瑪的玩笑話，四周靜寂，男爵更覺得不安，他豎起耳朵，想聽出什麼聲響，偏偏什麼動靜也沒有。

男爵懷著恐懼的心情，望著院子裡陰暗的井底。

直到半夜，男爵總合不攏眼。忽然他拉著甘聶瑪的肩膀，把他搖醒，只見男爵急喘喘的說：「你聽見了嗎？」

甘聶瑪很悠閒的說：「聽見了。」

男爵急問：「這是什麼聲音？」

甘聶瑪說：「這是我自己的打鼾聲。」

「不是，你再……」

甘聶瑪用心一聽，便說：「啊，這是汽車的喇叭聲。」

男爵慌張的說：「怎麼樣？」

甘聶瑪聳肩說：「會有什麼事呢？如果羅蘋會坐汽車來，也許他還會帶著大砲來轟炸你的城堡呢！男爵，我勸你還是好好睡覺吧！對不起，我要睡了，晚安！」

這一夜，就只聽到這一點聲音。甘聶瑪時睡時醒，男爵則一夜不曾合眼，除此之外，男爵果真只聽到甘聶瑪響亮的鼾聲。

翌日黎明，男爵和甘聶瑪走出守望的房間，河邊清涼的晨風徐徐地送到寧靜的古堡裡。男爵心情很愉快，甘聶瑪也十分鎮靜。他們走上樓梯，也不見什麼可疑的形跡。

甘聶瑪說：「男爵，沒有任何事發生，我不是早對你說過嘛！我實在不必答應你的要求前來。」

他一邊說，一邊取出鑰匙，打開圖書室的門走進去，只見那兩位助手，正各自睡熟在椅子裡，垂臂彎腰，好夢未醒。

甘聶瑪咆哮道：「喝！這從哪裡說起……」

「名畫！……邊桌！……」

男爵驚叫起來，氣得喃喃自語，只見空白的牆壁剩著幾枚釘子和寬鬆的繩子，華督和羅本的名畫已經不見；壁櫥不翼而飛，放著珍藏擺設和畫像的玻璃櫃空空如也。

男爵發瘋似的嚷著：「還有路易十六的燭架……攝政時代的燭臺！十二世紀的聖母像……」

他近似瘋狂的嚷叫著並跳著腳，又氣又急，計算著這些古董的價值，喃喃地數著他的損失，連句話也說不完整。他頓著腳，搖擺著身體，不知所措，好像家破人亡一般，只有自殺一途。

這時候的甘聶瑪，癡然呆立，瞪著眼站在那裡，查看屋裡的光景，窗仍舊鎖閉著，門鎖也好像沒有動過；上面的天花板沒有裂縫，下面的地板也沒有窟窿可尋。屋裡的陳設一切都是老樣子，可見羅蘋這次下手事前有周密的布置。

甘聶瑪沮喪欲絕，嘴裡喃喃自語：「亞森・羅蘋……亞森・羅蘋……」

甘聶瑪神志稍定後，怒氣勃勃，一個箭步跳到兩個助手的眼前，嘴裡痛罵著，又死命搖著他們的身體，瞧那兩個人還不醒來。

甘聶瑪吃了一驚，驚道：「天哪！他們可不要……」

他俯下身去仔細檢視，見他們確是睡著了，然而樣子極不自然。於是他抬頭對男爵說：「他們中了麻醉劑了！」

男爵說：「是誰下手的呢？」

甘聶瑪說：「若不是他，也一定是他的黨羽奉命而行的。看此番行事周密，我一看就知道正是他的傑作。」

「那麼我是沒有希望了？」男爵頹喪的問。

甘聶瑪接口說：「沒有希望了。」

男爵說：「這樣的事太可怕，也太怪異了！」

甘聶瑪說：「你且具呈報告了再說。」

「有什麼用處？」

「你不妨去報案……法律上自有辦法。」

男爵不高興的說：「先別談法律，你自己總該盡一下力。目前你該找出一點線索出來，誰知你毫無動靜。」

甘聶瑪說：「親愛的男爵，亞森‧羅蘋幹下的事情，是絕不會讓你發現什麼線索的。要跟羅蘋作對談何容易，我以為他在美國被我拿住，也許是他自願的。」

男爵瞪著眼說：「那麼我失去的寶物已無歸還的希望囉？但是他拿走的全是我收藏中的珍品，我願意用一部分財產去交換，如果捉不住羅蘋，不妨請他說出交換的條件來。」

甘聶瑪瞧著男爵，質疑道：「你真的想這樣做嗎？」

男爵連連點頭，又藐視地說：「你為什麼要這樣問呢？」

甘聶瑪突然說：「我有一個主意。」

男爵忙問：「什麼主意？」

甘聶瑪說：「如果官方不來偵察，我們再談吧！……你若要事情成功，切莫在別人面前提起我的名字。」他又低聲的說：「況且我也不值得提起，何必去告訴別人呢！」

這時候，兩個助手已經甦醒過來，但他們的神情非常呆滯，茫然睜著眼，想明白自己究竟碰到什麼事情。

他們對於甘聶瑪的盤問，一點也回答不出來。甘聶瑪說：「你們且仔細想一想呀！」

兩個助手異口同聲的說：「不！我們真的沒有瞧見什麼人。」

甘聶瑪又問：「你們可曾喝過水？」

一個助手答：「是的，我喝過水瓶裡的水。」

另一個助手接話道：「我也喝過水。」

甘聶瑪立刻拿過水瓶來，嗅了嗅，又用舌尖舐了一下，感覺不出什麼特殊的氣味，便說：「走吧！我們不用浪費時間了，羅蘋所幹的事情，在五分鐘裡是解決不了的。這次讓他暫時獲勝，但我發誓必拿下他來！」

這天，賈恩男爵具呈當局，控告監獄中的候審犯亞森・羅蘋又犯了竊案。可笑這位男爵自討麻煩，呈文一上，什麼公家律師、檢察官、警察、偵探、報社記者，全湧到馬拉磯古堡來，夾著許多好管閒事的人，弄得男爵應接不暇。

於是這件案件轟動了社會，報紙上用巨大的篇幅登載，使人們對於亞森・羅蘋簡直引起了奇怪的幻想。

又不知道哪一個人，把羅蘋恐嚇賈恩男爵的信送到法蘭西回聲報上發表，使讀者更為激動了。有許多人解釋此中的玄妙，又想起古堡的故事，報紙上便登載馬拉磯古堡地道的掌故，警方也向地道方面著手偵查了。

警方來到馬拉磯古堡做詳細的搜查，對每一塊石頭都仔細察看，所有壁板煙囪鏡框屋梁全部加以精密的檢驗。甚至，歷代堡主在戰時貯藏食糧和軍火的地窖，都用火把照過，還敲著四面的石頭，聽發出的聲音，可是搜查的結果，並無發現什麼秘密通道。

但是名畫和古物器明明已經失竊，總有人帶它們從門窗裡出去。這些竊賊是怎樣來去的呢？魯昂的警方搖搖頭，感到無可為力，便去請求巴黎的警局幫忙。

巴黎警察廳的偵探部長杜道愛得了報告，親自來馬拉磯堡逗留兩天，還派得力的部下向各方調查，然而仍舊一點線索也沒有。

杜道愛平日碰到難題，總跟偵探長甘聶瑪商量，於是他回去後，便把詳情告訴了甘聶瑪。

甘聶瑪聽杜道愛說完，就這樣說：「這案子的關鍵一定在別的地方，只在古堡中搜查，我想未必有什麼結果。」

杜道愛問：「依你看，亞森・羅蘋當真和這竊案有關嗎？」

甘聶瑪答：「我正有這樣的念頭，事實上也一定是這樣的。」

杜道愛說：「可是羅蘋正被關在牢裡。」

甘聶瑪說：「自然，我知道羅蘋身繫獄中，還被嚴密的看守著，任他鐐銬加身，我仍以為他和本案有關。」

杜道愛奇問：「何以見得呢？」

甘聶瑪說：「只有羅蘋才能設下這樣偉大的計畫，並有自信成功……你看！他不是成功了嗎？」

杜道愛驚異說：「真的？甘聶瑪？」

甘聶瑪說：「你們再去搜尋地下通道，就是把古堡裡的石子磚塊都翻過了身，也是沒有用的。我們這位朋友，可以說是超時代的人物，是不會用這樣老舊的計畫的。」

杜道愛說：「那麼依你的意思，該如何著手好呢？」

甘聶瑪說：「我只有一個要求，就是讓我跟羅蘋作一小時的會面。」

杜道愛問：「在他的獄中會面嗎？」

甘聶瑪說：「是的。記得我把他從美國押回來時，一路上還算投機，他對我也許存著一點友誼，如果他肯告訴我一點線索，也勝過我們暗中摸索了。」

甘聶瑪在這天午後走進亞森・羅蘋的獄室。

羅蘋正躺在床上，抬頭見面，不禁歡呼著：「老友甘聶瑪肯大駕光臨這裡，真是想不到！」

甘聶瑪說：「我親自來看你了。」

羅蘋忙說：「不敢當！我揀定這個所在小憩身心，還承蒙你來看我，這是多麼的愉快呀！」

甘聶瑪說：「謝謝你的記掛！」

羅蘋說：「我常常說，我們的甘聶瑪智力足以和夏洛克・福爾摩斯媲美，不愧是偵探名家。——我絕不是奉承。不過，很抱歉，這裡只有矮凳可坐，沒有茶水啤酒敬客，真對不起。」

甘聶瑪帶著微笑在矮凳上坐下。

羅蘋的態度十分愉悅，接著說：「我很願意跟你這位如此誠實的君子相見。間諜們可厭的臉龐我實在受夠了，那些人每天到這裡來，至少有十次，每次總是搜查我的衣袋，防止我越獄，政府待我這樣殷勤，簡直是太好了！」

甘聶瑪說：「這是當局對你的制裁。」

羅蘋說：「不，我所盼望的，是他們能夠讓我過安定的生活。」

甘聶瑪反問：「把別人的錢供給你使用嗎？」

羅蘋說：「不錯，被你說中了，但這些廢話，像你這樣的忙人恐怕不愛聽。我們且談正事。甘聶瑪，你來此有何貴幹？」

甘聶瑪直截爽快的說：「就是賈恩家的竊案。」

羅蘋聽了說：「我手頭的事多著呢，讓我想一想，關於賈恩的是什麼事……哦，有了，賈恩住在塞納河下游馬拉磯古堡中……羅本的名畫兩幅，華督的名畫一幅，還有幾件小東西。」

甘聶瑪發出驚嘆：「小東西！」

羅蘋接著說：「不錯，這些都是無關緊要的東西，我手頭還有更大的東西在進行。然而，你來看我的目的，就是為這件案情，我們也不說別的了……甘聶瑪，你想多了解一些內幕吧？」

「當然！不過這也得看你有誠意吐露多少。」

羅蘋說：「我在報上已得知詳細情形。照我看來，你們得不到什麼線索。」

甘聶瑪說：「因此我來拜訪你。」

羅蘋說：「敬候吩咐！」

甘聶瑪說：「第一，這事是你幹的，是不是？」

羅蘋答：「不敢當，全由在下一手包辦！」

甘聶瑪說：「那麼掛號信和電報呢？」

羅蘋說：「是我發出去的，讓我找收條給你看。」

他隨即打開小桌子上一個抽屜，拿出兩張紙片，交給甘聶瑪看。

甘聶瑪一看，失聲說：「天呀！你受了嚴密的監視和搜查，還能閱讀報紙和接受郵局的收條！」

羅蘋輕蔑的說：「來監視和搜查的人全是傻瓜！他們拆開我的衣服襯裡，又檢查我的鞋底，有時又在牆壁偷聽。這種顯而易見的地方，我羅蘋縱然笨，也不會利用的！」

甘聶瑪高興的說：「好呀！你不愧是足智多謀的人，想法也很有趣。來！快把你的花樣告訴我！」

羅蘋忙說：「你別這樣急躁！你要完全知道我的秘密……並把我一點小妙計告訴你嗎？這倒是很重要的事。」

甘聶瑪說：「我來找你，原想請你解釋幾個問題，好消除我的好奇心。你肯不肯告訴我呢？」

羅蘋說：「甘聶瑪，你既然不恥下問，那……」

他說到這裡，在獄室中來回踱了幾步，站定問道：「你對於我寄給男爵的掛號信，意見如何？」

甘聶瑪說：「我想，你預備在他的圖畫室中略施妙計，跟他們開開玩笑。」

羅蘋笑著說：「對呀！我確是在他的圖畫室中略施妙計！甘聶瑪，我不敢辜負你勞駕的好意，索性告訴你，我何必寫那封信給男爵，預先叫他準備，沒有信，我也可以照常行事，這事不是無意義了嗎？然而不瞞你說，這封信是極大關鍵，可以說是總樞紐，一按這個樞紐，全部機器便可依次動作。我想把馬拉磯堡案情詳細告訴你，你可要聽嗎？」

甘聶瑪忙道：「好極了！」

羅蘋說：「請你想想，我的目的地是一個門禁森嚴的古堡……但我見這古堡防護嚴密，會就此放棄心愛的寶物嗎？」

甘聶瑪說：「未必。」

羅蘋說：「那麼我會帶一群亡命之徒，浩浩蕩蕩的攻進門去嗎？」

甘聶瑪說：「這是笑話了！」

羅蘋說：「那麼我偷偷的溜進去嗎？」

甘聶瑪說：「那可不容易。」

羅蘋說：「這樣只有一個方法，就是讓堡主人親自迎接我進門。」

甘聶瑪說：「著眼點倒不錯。」

羅蘋說：「而且辦法也很簡單。如果有一天，堡主收到一封恐嚇信，說亞森・羅蘋將來光顧，他會採取怎樣的態度呢？」

甘聶瑪說：「把信送給警方。」

羅蘋說：「信中所說的亞森・羅蘋明明是在監獄裡，官方自然不加理會，如此一來，堡主人更害怕得沒有辦法，迫不及待想找肯幫忙的人。」

甘聶瑪贊同地說：「情理上的確是這樣。」

羅蘋又說：「如果他在本地報紙上得悉有一位偵探名家正在附近，他會怎樣呢？」

甘聶瑪很快的說：「他自然會去找這位名偵探幫忙。」

羅蘋說：「對呀！羅蘋的意思也是這樣，於是他委託一位很能幹的朋友前往哥德沛遊歷，認識了歌德沛日報的記者，便自認是偵探名家本人，你想會如何？」

甘聶瑪聞言說：「那記者自然會寫一則新聞在報上發表，說某個名偵探人正在哥德沛小住。」

羅蘋說：「對呀！我擺好香餌，等待魚兒上鉤，這位賈恩男爵自然去向那位假大偵探求助，假大偵探起先是欲迎故拒的，羅蘋再拍了一個電報去，男爵又慌又急，再去懇請我那位朋友，還允許當保鏢一夜的代價。我那朋友盛情難卻，便帶了兩個助手進入堡門。這一夜，賈恩男爵跟他的保鏢住在一起，兩個助手住在圖書室中，便把我選定的東西從窗戶吊下去；下面河中停著一艘小船接應，安然滿載而返。——這一趟，正和我亞森・羅蘋一樣簡單。」

甘聶瑪不絕口的稱讚說：「好計畫，既勇敢又巧妙！但是，哪一個偵探名家竟會使男爵這樣的欽佩呢？」

羅蘋說：「只有一個人。」

甘聶瑪忙問：「這個人是誰？」

羅蘋說：「這位大偵探，是羅蘋唯一的勁敵——偵探長甘聶瑪！」

甘聶瑪大吃一驚：「什麼！是我嗎？」

羅蘋笑著說：「甘聶瑪，好有趣呀，正是你自己！要是你肯到馬拉磯堡去逼男爵把詳情告訴你，那麼你的責任，便是捉住你自己並作牢獄。好像你在美洲捉住我一樣。哈哈！我叫甘聶瑪拿下甘聶瑪，這樣的報仇可有趣嗎？」

接著，他發出一陣大笑。

甘聶瑪聽了這番話，氣得半死，站在那裡咬著嘴脣，默不作聲。

正好獄卒走進來，才使甘聶瑪恢復了原狀。原來獄裡對羅蘋算格外優待，允許他向附近一家餐館點餐，再由獄卒送進來。獄卒把盤子放在桌上，當即退出。

羅蘋坐下，扯碎麵包吃了幾口，又說：「親愛的甘聶瑪，放心吧！我還有好消息告訴你——賈恩那一案，快要結束了。」

「什麼？」甘聶瑪驚問著。

羅蘋鎮靜的說：「我說這案件快要撤銷了。」

甘聶瑪說：「哪裡的話，我剛從偵探部長處來呢！」

羅蘋說：「甘聶瑪，對不起，杜道愛先生知道我的事難道會比我自己所知道的更詳細嗎？我告訴你，那假甘聶瑪和賈恩男爵談得很投契，男爵託他跟我接洽，他願贖回寶物，付我一筆代價，一邊向警廳撤銷控案。一件大竊案就可以化作煙消雲散了。」

甘聶瑪聽得癡然木立，呆呆地說：「這情形你怎能知道呢？」

羅蘋說：「我剛收到一個久候的電報。」

甘聶瑪失聲說：「你剛收到一個電報嗎？」

羅蘋說：「是呀，我剛收到，不過我怕失禮，不敢在老友面前讀這個電報，但你如果允許的話……」

甘聶瑪表示不相信似的說：「羅蘋，別再開玩笑了。」

羅蘋說：「老友，你要證明我不是跟你開玩笑，只要你輕輕揭去那雞蛋的頂部便得知了。」

甘聶瑪依言用刀尖挖破雞蛋殼，不覺驚叫起來，原來那雞蛋是空的，裡面藏著一張小小的藍紙。羅蘋請他展開一看，原來是一份電報，寥寥數字：

事了結，已收十萬法郎，物亦送去，極順利。

甘聶瑪問：「男爵已付了十萬法郎嗎？」

羅蘋說：「不錯。目前時勢艱難，我的開銷又大，十萬法郎只能說是小意思。不瞞你說，我的預算跟大市鎮的預算一樣浩繁。」

甘聶瑪這時候怒氣漸平，他平心靜氣想找出全案的弱點來，慢慢地說：「幸好像你這樣的人沒有第二個，否則我們沒事幹，只好洗手不做偵探了。」

羅蘋很客氣地說：「對不起，我不過消磨時間罷了……我在監獄裡，居然能夠辦成這事！」

甘聶瑪質疑說：「你得上法庭受審，給自己辯護，受人檢查，這些是供你消遣，你難道還有空餘的時間嗎？」

羅蘋忙說：「我老實告訴你。我不受正式的審訊！」

甘聶瑪問：「真的嗎？」

羅蘋說：「好友，如果你想我會老死在鐵窗裡，這是對我絕大的侮辱！老實說吧，我要是在監獄中住煩了，是無論如何絕不會多耽擱一分鐘的。」

甘聶瑪冷笑說：「那麼你怎會踏進監獄的門呢？」

羅蘋說：「好友，你大概以為我會被擒，全仗你的大力，所以用這話譏笑我。我不妨跟你說，在那緊要關頭時，如果沒有那位迷醉我的姑娘，用她那一雙眼光注視著我，我絕不會失神落魄被捉到這裡來的！」

甘聶瑪說：「但我覺得你來了好久了吧？」

羅蘋說：「你別笑我，我覺得來此並沒有什麼不好。何況我近來的生活很辛苦，神經有點衰弱，我實在需要休養一下。森特監獄法令森嚴，對我正是對症的治療法，所以我願在這裡休息幾天。」

甘聶瑪說：「這些話是聊以解嘲罷了。」

羅蘋說：「甘聶瑪，今天是星期五，下星期三下午四時，我一定到凡可烈司街您的住所拜訪，一起吸菸長談。」

甘聶瑪說：「羅蘋，我當竭誠恭候。」

於是甘聶瑪和羅蘋熱烈地握手言別。甘聶瑪轉身想走，羅蘋突然叫住他。

甘聶瑪立定，回頭問：「還有什麼事？」

羅蘋從容地說：「甘聶瑪，你的表掉了。」

「我的表嗎？」甘聶瑪很驚奇的問。

羅蘋說：「不錯，我湊巧在我的衣袋中找到的。」接著他把表交還給甘聶瑪，又說：「對不起，我的老毛病總改不了……我實在不該借用你的表，雖然他們把我的表搜去，但我已有一個上品的表，走動極準，可心滿意足了。」

那時羅蘋一邊說話一邊打開抽屜，取出一只又大又厚的金表，還附著一根粗大的金鍊。

甘聶瑪問：「這表從前又是在哪一個人衣袋裡的？」

羅蘋不在意的看著表蓋，那裡有著姓名的縮寫字母，讀出來說：

「J・B……這位是誰？……哦，不錯，我記得了，賈士・勃凡，一位好朋友，正是我的檢察官呢！」

三　金蟬脫殼

亞森・羅蘋午餐完畢，從袋中取出一支上好的雪茄，看著上面紙箍的金字，還未點吸，牢房的門開了，他從容的把雪茄拋在抽屜裡，隨即起身。

獄卒走進來告訴他運動時間到了，羅蘋高興地說：「老朋友，我正在等你來呀！」

他們一起走出牢房，在通道中轉彎過去，卻有兩個人趁他們看不見時，很快的溜進牢房，準備嚴密檢查。

這是兩個偵探，一名叫旦桑，一名叫佛朗方。

原來當局知道羅蘋雖在獄中，仍可和外面的黨羽暗通消息。前一天，大日報上有一封羅蘋對該報特約記者的公開信，大致是：

先生：

前幾天在報上拜讀尊文，對於我的行事頗有誤解的地方。我決定在審訊開始前的一兩天內親來奉訪，請教一切。

亞森・羅蘋

這信乃事羅蘋親筆，他既能自由寄送書信，那麼在審訊之前越獄，也必然在準備中。

這件事便轟動整個警局。偵探部長杜道愛跟檢察官詳加商議結果，一邊親赴森特監獄吩咐典獄官小心防備，一邊派部下偵探旦桑等去檢查羅蘋牢房。

這兩個偵探搜得詳細，卻不見什麼疑點，正想罷手的時候，獄卒匆匆的趕來說：「剛才我走進來的時候，見他很快的把桌上的抽屜關上，也許放著什麼東西。」

他們拉開抽屜一瞧，旦桑高興地嚷著說：「好，把柄被我們找到了！」

佛朗方說：「且慢，你別動手，還是請我們的部長自己來察看吧！」

旦桑說：「但這一支哈瓦那雪茄……」

佛朗方說：「放在那裡，趕快去報告部長要緊。」

片刻後，杜道愛親自來此室查看抽屜裡的東西。第一件，是一份報紙上剪下來的新聞，都是關於羅蘋的記載；第二件，是一包菸和一個菸斗；第三件是兩本書。

杜道愛一看，一本是英文的，英國史家萊爾的英雄和英雄崇拜；一本是德文的安波狄德哲學，一六三四年在蘭登城印行的。這兩本書的文句上都劃著線，究竟是讀者愛賞文字而作的呢？還是另有用意，便不得而知了。

「這兩本書待會兒再仔細研究吧！」杜道愛說著，再查看菸包和菸斗，接著拿起金紙箍的雪茄來，說：「看不出來這位朋友過得挺好！這是亨利克來的上等雪茄呀！」

他一邊把雪茄搖了一搖，不覺失聲驚呼；原來手指挾著的地方突然鬆陷下去，杜道愛仔細一看，菸葉中好像夾著白色的紙捲，便用針尖輕輕的挑出來，原來是捲得像牙籤粗細的紙條。展開一瞧，上面寫著纖秀的細字：

馬利亞地位已易，十之八已準備。用足向外一推，鐵板就移開。Ｈｐ十二至十六，每日相待。盼告地點，並希我友自計，臨事鎮靜。

杜道愛沉吟說：「不錯，馬利亞是囚車的名字，內分八間小房……十二至十六，大概指時間十二點鐘到下午四點鐘。」

「等待他的那個HP是誰？」兩個偵探在一旁問。

杜道愛說：「這是馬力（Horse Power）的縮寫，大概指汽車吧！」說完，站起身來問：「羅蘋可吃過飯了嗎？」

「吃過了。」獄卒答。

杜道愛說：「這雪茄是怎樣帶進來的？看樣子還是剛剛收到，他不曾看過那紙條呢！」

獄卒說：「麵包裡或山芋中都可以夾進這支雪茄，也許送食物時帶進來的。」

旦桑說：「未必。羅蘋的一天三餐雖由外面的餐館送進來，但每次我們檢查，總找不到什麼線索。」

杜道愛說：「我暫且把這信送去給勃凡檢察官，如果他也同意，就把原信拍照存案。你們在這一小時內，趕快把這些東西照樣放在抽屜裡，另外弄一支同樣的雪茄，仍把原信夾入。要辦得好，別讓他看出疑點，我們且看他今晚怎樣寫回信。」

杜道愛和旦桑當晚再趕到森特監獄的辦公室中，預備發現羅蘋的回信。他們看見壁角的火爐架上放著三個盆子。

杜道愛問：「羅蘋吃過晚飯了嗎？」

「吃過了。」典獄長說。

杜道愛便吩咐：「旦桑，你把吃剩的通心粉和麵包都一一切開，看裡面藏著什麼東西。」

旦桑依言去做，並無發現片紙。杜道愛取過食盆叉匙親自檢驗，又取過小刀的柄旋動著。忽然那刀柄搖動，掉下一個小紙捲來。

杜道愛喜出望外，忙說：「任你羅蘋狡猾，也逃不過我的掌握。但是現在這一刻是很寶貴的；旦桑，你趕快到餐館中去偵查收信的人。」

旦桑走後，杜道愛展開紙捲低聲道：

「準照所定辦法，案日由HP跟在我後，我必如法而行，不日可晤面，再談。」

杜道愛讀畢，搓著手掌，很高興的說：「我們既得到把柄，自然絕無問題。只要我們先幫助他溜逃，連他的同黨也可以一網打盡了。」

典獄官問：「萬一弄假成真，被羅蘋溜走了呢？」

杜道愛說：「任他狡猾，我們嚴密的布下天羅地網，他走不了的。他雖不肯招供，拿到了同黨，怕他們不把羅蘋的行事全盤托出。」

原來羅蘋被捕之後，碰到偵訊皆是守口如瓶，弄得檢察官勃凡白花了幾個月的心力。

羅蘋常常很客氣的對勃凡說：「先生，我承認那些案件，像里昂銀行的搶劫，馬拉機堡的失竊，還有偽造支票和保險單的事，全是我做下的。」

勃凡說：「那麼你一件一件的招供啊！」

羅蘋說：「不必，這些案件我全認了，隨你提出什麼案子，我全承認，實在說不勝說呢！」

檢察官覺得十分厭倦，不再多問；這次因為發現了兩封信，又要提訊一次。照往常的慣例，正午十二時把羅蘋從森特監獄中提出，跟旁的犯人一起載入囚車，送到警廳，到午後三時或四時，仍舊一起押解回獄中。

這天提訊過後，湊巧別的犯人還待仔細盤問，便先把羅蘋押解回去，於是囚車中只剩他一個犯人。

押犯人的囚車，法國俗名「生菜籃子」，英國稱作「黑馬利亞」。車廂中有一條狹通道，兩邊各畫成小小的五間，每間只夠容犯人挺坐著。守兵便坐在通道的盡頭，那時羅蘋在右面第三間中坐定，車輪轆轆轉動，笨重的車子緩緩前進。

羅蘋看著車外，無意中伸出右腳，把鋼皮的鑲板一踏，突然那鑲板向外推開，自己的位置恰在兩個車輪中間，羅蘋留心的等待脫身機會。

囚車到了聖吉門街，前面交通阻斷，有一頭運貨的馬跌倒在地上，來往車輛都堵在街中等待。

羅蘋向車窗口一瞧，見旁邊還停著一輛囚車；他見機會正好，顧不得這些，把鑲板推開些，伸出腳去，正好踏上後輪的軸子，脫出身子輕輕一跳，便落到地上。

那時有一個街車伕見了，暗暗好笑，等到囚車上的守衛發覺，高叫捉人，正巧車輛已可通行，聲音鬧作一片，誰也聽不清楚，任羅蘋混入人叢中消失得無影無蹤。

羅蘋一脫身，穿過街中，走上左手邊的行人道。他回頭望，吸著自由的空氣，一時也沒決定到哪裡去好。

他沉吟一會，好像已經決定，便裝作散步悠閒的樣子，雙手插在袋中，像散步場走去。

這是一個秋陽和煦的午後，路旁咖啡店裡嘉賓滿座。羅蘋在一家咖啡店裡找了一個座位，要了杯酒和一匣紙菸，慢慢的抽了幾支菸，消磨了一刻。

最後，羅蘋站起身，招呼侍者，說有事跟老闆商量。

老闆急忙走來，羅蘋對他說：「我的錢包忘了帶，實在很抱歉，但我報出名字，想來總可暫欠幾天——在下就是亞森・羅蘋！」

老闆瞪著眼看著這位客人，還以為他在開玩笑。羅蘋卻接著說：「我本來關在森特監獄，現在才脫逃出來，大概你老人家已經默許我了。」

他不等老闆說話，在客人的嘩笑聲中揚長走出咖啡店。

羅蘋到了外面，走過幾條街，一邊抽著紙菸散步，一邊眺望店鋪窗子裡的陳列品。他走了一會，從容地向一個路人打聽到森特監獄的路徑，便匆匆向那裡走去。

不一刻，已望見高聳的獄牆，於是羅蘋轉了一個彎，走到門口的守兵跟前，略一施禮，便問：「這裡可是森特監獄嗎？」

守兵說：「是啊。」

羅蘋說：「對不住，我是坐了囚車，在半路上跌下來的，我要回到獄室中去，因為我並不想……」

守兵呸了一聲說：「朋友，別到這裡來胡鬧，我看你還是好好的走你的路吧！」

羅蘋忍耐的說：「我的目的地就是這所監獄，朋友，要是你放走了亞森・羅蘋，這可不是好玩的。」

守兵莫名奇妙，說：「亞森・羅蘋，你說的是誰呀？」

羅蘋一邊摸著衣袋一邊說：「哎呀！我忘了名片。」

守兵呆呆的向這個人打量一下，默不作聲，扯了一下門鈴，獄門就打開來了。

過了片刻，典獄官匆匆奔到辦公室裡，裝出十分生氣的樣子。羅蘋卻微笑說：「先生，不用再做作了！承你好意把我一個人用囚車押解回來，又故意使路上交通阻塞，讓我乘機脫身去跟我的朋友們會面，但是我知道有二十名偵探護送我，有的走著，有的坐著街車或自由車，緊隨我不離，他們原想找我的把柄，可是我不想脫身逃走啊！」

他聳了聳肩，接著說：「懇求你以後別這樣跟我開玩笑了，如果我想逃走，用不到你們的幫忙呀！」

和羅蘋有著密切關係的法蘭西回聲報，在兩天後，詳細的把羅蘋假逃的事跡發表了。文中說起羅蘋怎樣用秘密的方法跟他一個女友通信；怎樣被警察局查獲，將計就計，囚車怎樣在路上停頓，羅蘋脫身後，在咖啡店中鬧了一個怎樣的笑話。

這一切記述得非常清楚。那時旦桑在餐館中調查，一無成績。外面種種風聞，都說羅蘋自己計畫越獄，他的朋友預備偽造警察廳的囚車，把他救出去，社會上議論紛紛，都預料羅蘋不久便將脫逃。

這是發生後的第二天，羅蘋對檢察官勃凡也坦白表示不久將要脫逃的意思。他受過勃凡的盤問後，冷靜的說：「先生，我告訴你，你們這次的搗鬼，使我想到了一個脫身的方法。你們等著瞧吧！」

勃凡獰笑說：「我可不明白你的用意。」

羅蘋說：「你也不必明白。」

第二天的法蘭西回聲報上，又登載了這篇問答，隻字不漏。勃凡又怒又罵，再盤問羅蘋。

羅蘋裝出不耐煩的神氣說：「好法官呀，這些無關緊要的話，你不必多向我盤問。」

勃凡說：「什麼，你說是無關緊要嗎？」

羅蘋說：「自然這些是無關緊要的話，因為我不受正式的審訊呀！」

勃凡很驚異的說：「你不受……」

警務當局聽了羅蘋那樣堅決的話，頗覺不安，而且那些消息連日洩漏出去，登載在報紙上；那些消息是只有羅蘋一個人知道的，除了他洩露出去外，未必有其他的人。

但是他們總想不到羅蘋怎樣的把消息傳送出去，洩露這些消息又有什麼目的，真令人費猜疑。他們無計可施。只有將羅蘋關在下一層的獄室裡。

檢察官勃凡也不再向羅蘋盤問，只把所得的資料交給法庭，預備將來正式開審。

這樣過了兩個月，一直沒有發生什麼事。

羅蘋自從換了獄室之後，精神上似乎十分頹喪，兩個月來，整天都是面壁高臥。他不願見他的律師，也不大跟獄卒們說話。

到了正式開審前兩星期，他的精神好像好了一些，頻頻抱怨，說獄室中空氣不好。每天早晨，獄卒一邊一個押他到院子裡去運動，戒備十分嚴密。

但是社會上的人們十分興奮，等候著羅蘋脫逃的消息。羅蘋平素的行事和神奇的化妝術，人們早已暗暗由衷欽佩，依他們看來，以為羅蘋必定要脫逃，而且一定會成功的。但是足足等了兩個月，卻沒聽見羅蘋脫逃的消息，大家反而驚訝起來。

每天早晨，警察總監總得問他的秘書：「他可走了嗎？」

「總監，不曾呢！」這是秘書照例的答話。

「那麼明天他要走了。」這是總監照例的結束。

正式開審的前一天，大日報館來了一位紳士，把一張紙片留給接他的記者，就告辭退出。紙片上寫著幾個字：

「亞森・羅蘋絕不失約。」

到了正式開審的那天，旁聽席上坐滿了人們，預備一睹羅蘋的丰采，看他用什麼方法戰敗法官。這些人中，有官員、律師、記者和社交名媛，擠擠蹌蹌，好像巴黎大劇場新排的戲碼做首映上演，大家爭著來觀看似的。

這一天風雨晦澀，法庭中光線很差，獄卒把羅蘋押到被告席裡坐定。大家抬眼打量著，看他木然坐在椅中，動作遲鈍，很不像羅蘋英俊的樣子。他的辯護律師對他說了好幾次話，他卻茫然不知所答。

堂上的秘書官讀畢公訴狀，法官照例問犯人的姓名、年歲、職業等，他也默不作聲。

法官又問：「你的姓名？」

那人發出枯澀的聲音說：「單雪・卜特路。」

堂上聽了這名字，四下都竊竊私議起來。

法官問：「單雪・卜特路？你又有一個新名字嗎？如此算來，你已有八個姓名，我們知道這全是假的，我們大家所知道的，你叫做亞森・羅蘋。」

法官說到這裡，把案牘看了一眼，接著說：

「關於你的案子，在現在的社會中算是首例。我們雖曾多方偵查，對你的來歷卻查不到根底，因此我們不知道你的真實姓名，你的籍貫，和你小時候是在什麼地方生長的，總之，我們對你從前的歷史已經無法查出了。

「三年前，你自稱亞森・羅蘋，突然崛起，你的聰明才智的確超人一等，可惜誤用了！對於你以前所有的紀錄還是半信半疑，不能夠確定。八年前，幻術家狄克生有一個助手自稱魯士泰，似乎就是亞森・羅蘋；六年前，聖路易醫院哈鐵爾醫師常有一個俄國學生來實習，這俄國學生精研黴菌學，對於皮膚科做過勇敢的試驗，令他的老師驚服，似乎他就是現在的亞森・羅蘋。

「還有當年在巴黎教授日本拳術的教師；在賽會中自由車競賽，獲得一萬法郎頭獎的青年；在慈善市場大火中救出許多人來，又趁火打劫的勇士——這幾個人，我們懷疑都是眼前的亞森・羅蘋。」

法官敘述完畢，頓了一下，又繼續滔滔不絕的說：「依你當年的所為，分明是準備來搗亂社會的實習時期，有了這實習的機會，你的魄力，你的技巧，你的勇敢，完全鍛鍊出來了。上面的事實，你可承認嗎？」

法官在那裡大發宏論，那個犯人卻有氣無力的垂著兩臂，把腳在那裡移來移去，好像極不耐煩的樣子。

那時法庭上光線稍亮，大家看見羅蘋的容貌跟報紙上登載的英俊動人的照片簡直判若兩人。他的牙床骨低陷，面顴高聳，面色焦黑，點綴著紅色的斑點，嘴邊亂鬚蓬鬆，大概是監獄生活，把他折磨得這樣憔悴，幾乎使人不認識了。

他好像沒有聽懂法官的問話，待法官追問了第二遍，他才抬起眼來，想了想，才遲疑地答道：「單雪・卜特路。」

法官笑著說：「亞森・羅蘋，你何必裝傻，這樣替你自己辯護，實在是不智之舉！我要徹底問個清楚，不是跟你開玩笑。」

接著，法官就把羅蘋的犯案一件件的列舉出來，隨時向羅蘋盤問。犯人有時默不作聲，有時自言自語的應著，於是有好幾個證人出席作證，提出許多證據，可惜那些證據大多互相矛盾，不能夠成立。

眼見這次受審毫無結果可言，大家正十分失望的時候，老偵探甘聶瑪被傳喚出庭了。

甘聶瑪站在庭上，看著犯人，露出侷促不安的神情。可是他還是很鎮靜，兩手扶在證人席的欄杆上，一段一段的敘述他經歷的事情，說他怎樣從歐洲橫渡大西洋追逐羅蘋，又怎樣趕到美洲，在船埠把羅蘋捉住。

滿堂的人似乎親臨現場一般，聽得非常神往。

甘聶瑪說到末後，提起和羅蘋再度會面的事，更顯得神采飛揚。

法官忙說：「如果你現在不大舒服，不妨暫時退席，休息一下再來。」

「不！只是……」甘聶瑪說到這裡，又對犯人端詳了一會，問法官說：「我有一個重要的疑點還待解決，可否准許我走近犯人面前仔細察看一下嗎？」

甘聶瑪走到犯人席上，提起全副精神，對那犯人注視了一會，再回到證人席上。他在全堂的肅靜中，很鄭重的說：「堂上聽著，我可以立誓說，在我面前的那個犯人，絕不是亞森・羅蘋。」

這時候，整個法庭裡鴉雀無聲，法官起先是呆住，接著才高聲說：「你瘋了嗎？你說的話是什麼意思？」

甘聶瑪很嚴肅的說：「初看這個犯人跟羅蘋有點像，但如果加以細察，他的口鼻位置，頭髮和皮膚的顏色，跟亞森・羅蘋完全不同。羅蘋的眼睛奕奕有神，難道會像他這樣一副酒鬼的眼睛嗎？」

法官說：「你究竟是什麼意思？請你說個明白。」

甘聶瑪說：「也許他是一個可憐的囚犯，做了羅蘋的替身，否則這傢伙一定是羅蘋的黨羽──他一定不是羅蘋本人！」

這彷如晴天霹靂，整個法庭都騷動起來，發出一片嘩笑聲和訝異聲。

出庭。

法官見事出意外，宣告暫時退庭，一邊請檢察官、森特監獄的典獄官、獄卒等到檢察官等到來，把囚犯查看一下，都說這人和羅蘋只有幾分相似，絕不是羅蘋本人。

法官又驚又急，忙說：「那麼這人是誰？他從什麼地方來的？怎麼會坐到犯人席中？」

森特監獄中兩個獄卒受傳到庭，但這兩個獄卒見了羅蘋並沒有奇怪的樣子。其中一個說：「是呀！我以為他正是我們看守的犯人。」

法官問：「怎麼說是『我以為』呢？」

獄卒說：「這個犯人是在夜中移交到我看守的地方來，這兩個月裡，老是面壁而臥，不能夠看見他的臉，我簡直不曾仔細的瞧過他。」

法官說：「那麼兩個月之前，他在什麼地方？」

獄卒說：「他以前並不住在二十四號獄室中。」

典獄官插口說：「自從他那次企圖脫逃之後，我們已把他換過獄室了。」

法官說：「你既然是典獄官，這兩個月中，應當看清楚他的臉。」

典獄官說：「因為他總是面壁而臥，我實在沒有機會看見他。」

法官說：「這樣說來，這人不是當初被你監禁的那個犯人嗎？」

典獄官很堅決的說：「不是原來那個！」

法官問：「那麼他是誰呢？」

典獄官說：「我不知道。」

法官說：「據推測，犯人已在兩個月之前被掉包，你可以給我們一個說明嗎？」

典獄官說：「我無從說起！」

法官說：「那麼……」

他失望地轉向犯人，用溫柔的聲音說：「你什麼時候被關在獄室，可否向我說明嗎？」

犯人見法官態度和藹，似乎消去了心中的疑懼，預備開口作答，法官於是用好言好語加以盤問，他也勉強說出原委。

據單雪・卜特路說，他在兩個月以前酗酒滋事，被帶到警署裡，判決罰鍰，就沒收他身邊的七角半銀角，隨即釋放出去。他才走到院子裡，忽然來了兩個官員把他抓住送進囚車，接著他便住在二十四號獄室中……他簡直視為安樂窩，睡得又舒服，吃得又不錯，因此他得過且過，並不抗議……

這些話是否屬實還成問題，法官便在嘩笑聲中退庭，預備偵查明白後再行開審。

偵查的結果，果然八個星期前，警署中把一個叫單雪・卜特路的人拘留一宿，第二天便釋放了。

卜特路是午後二時離開警署的，這天午後二時，恰好羅蘋也經過最後一次審訊，坐了囚車出警署，解回監獄去。也許卜特路跟羅蘋面貌有點相像，獄卒偶不經心，把卜特路當作了犯人，但是那些獄卒們資格都很老，絕不會李代桃僵，鑄成大錯；那麼這是預定的陰謀嗎？

大家推測起來，也許卜特路也是羅蘋的同黨，故意酗酒滋事，好讓警察捉住，來做羅蘋的替身。然而這樣行險僥倖的計畫，居然會成功，這話如何說好呢？

卜特路的來歷極易查明，他白日靠求乞為生，住在一個拾破布的叫花子屋中，有許多人都見過他。一年前，他突告失蹤，也許他是被羅蘋收買了去，然而查無實據；即使查到實據，和這次羅蘋神秘的脫逃也毫無關係。

因此這件事的解釋議論紛紛，卻沒有一個是令人滿意的，大家只知道羅蘋這次脫逃計畫十分長久，行動十分周詳，果然達到目的，應了他自己當初的誇口：「我不受正式的審訊！」

警務當局費了一個月時間仔細檢查，仍舊毫無結果，但是把這可憐的卜特路居留期無限的延長，那也說不過去；若把他嚴加審訊，也無結果，試問他究竟犯了什麼罪呢？於是檢察官簽定釋放的命令。

據甘聶瑪的建議，等卜特路釋放之後，暗中嚴密地監視他的行動。甘聶瑪以為這事十分簡單，如果把卜特路當作線索，即使捉不著羅蘋本身，至少可以拿住他的同黨，於是偵探部長派定旦桑和佛朗方兩個給甘聶瑪做助手，暗中跟隨卜特路。

那一天，是正月中多霧的早晨，森特監獄開了獄門，釋放單雪・卜特路出來。卜特路走出獄門，茫然好像沒有歸宿的地方，也不曾決定怎樣消磨他自由的時間。他先走到一條街上，脫掉外套，在舊貨店裡賣得幾個銅幣，單披著外掛向前走去。

接著他走過塞納河橋，來到夏德來市上，看見一輛公車駛過，他想上車，車已告滿，卜特路只好走到候車室裡去。

甘聶瑪使了個眼色，招呼兩個偵探過來，一邊注視著候車室，一邊向他們吩咐說：「你們去叫一輛車……最好有兩輛，我跟你們同去，追隨在他的後面。」一

兩個偵探去叫車，卻不見卜特路從候車室裡出來。甘聶瑪等得不耐煩，走進去一看，候車室裡一個人也沒有。

甘聶瑪不禁自語說：「那邊還有一扇門可以走出去，我怎麼忘了！」

於是甘聶瑪飛奔追上去，恰見卜特路正坐在往植物園的一輛公車上。甘聶瑪跟在車後，跳上了車，兩個助手已經來不及趕上，只有他一個人追蹤卜特路了。

甘聶瑪十分生氣，很想立刻抓住卜特路送回去，看這傢伙表面上雖然老實，卻會施行詭計，把自己和兩個助手分開，多麼可恨！

甘聶瑪抬頭一看，卜特路正坐在那裡瞌睡，他的頭跟著顛簸的車子在搖擺，一張嘴半開著，臉上是一派痴呆的樣子。看他的表情，方才的事並不是跟甘聶瑪搗蛋。也許事出偶然吧！

甘聶瑪跟緊著卜特路，換乘電車，到了雷夢德市，卜特路便下車去。他揀了一條小徑，很輕快的走進一座森林，邊走邊停，像在尋找等候他的人。

他走了一個小時的光景，似乎有點疲倦，在叢樹中間一片小湖的邊上，揀著沒有人跡所在，找一條路旁的長椅坐了下來。

甘聶瑪等了半分鐘，實在很不耐煩，便走上前去，坐在卜特路的旁邊，點了一支紙菸吸著，一邊用手杖在沙上亂畫，隨意地說：「天氣真冷啊！」

卜特路不作一聲。

他在沉默中，忽然聽到一陣很得意的笑聲，笑得十分厲害——這奸惡的狂笑！

甘聶瑪不覺毛骨悚然。這笑聲是他聽慣了的！

甘聶瑪立刻抓著卜特路的外衣，把他仔細端詳一下，比在法庭上看得更清楚。呀！這人的確不是卜特路，正是**亞森・羅蘋**！

他的眼中閃著銳利的光輝，臉上凹陷的地方似乎也填滿了，醜陋的嘴也恢復了原狀；枯乾的皮膚下面又發現了真的皮膚。——他明明是在法庭上的那個人，又好像不是那個人。現在代替他痴呆木訥的神情，便是一副年少活潑的模樣。

甘聶瑪勉強掙扎說道：「亞森・羅蘋！」

這時甘聶瑪惱羞成怒，掐著羅蘋的咽喉，想把他制服。甘聶瑪雖然年過五十，力氣仍很大，他想把羅蘋再捉回去。

然而羅蘋也不是好惹的。他抓著甘聶瑪的手腕略一用力，甘聶瑪的右臂就痲木得垂直下去了。

只聽羅蘋冷冷地說：「這是日本柔術，只要再過一兩秒你就會手骨折斷，你這樣冒昧，根本是自討苦吃，我一向尊敬你是老友，所以當著你的面露出自己的真面目來，你卻還要胡鬧，請問你現在跟蹤我有什麼事呢？」

甘聶瑪心裡十分難過，想到在法庭上，因為自己出席證明，才結束了審訊，羅蘋此番脫身，自己應負全部的責任，這件事，實是自己平生極大的恥辱。

他想到這裡，不覺流下了眼淚，淚水慢慢的流過面頰，落到花白的鬍鬚上。

羅蘋一見，忙道：「甘聶瑪，你何必難過，即使沒有你出席證明，我也會設法使別人讓我開脫的。」

甘聶瑪忙問：「這樣說來，在那邊的是你本人，這裡的也是你本人嗎？」

羅蘋說：「不錯，除了我還有誰呢？」

甘聶瑪失聲說：「難道這是真的嗎？」

羅蘋說：「一個人只要肯下苦功，就什麼人都可以扮演了。」

甘聶瑪問：「但是你的臉龐怎樣變換？你的眼睛又怎樣變換？」

羅蘋說：「且待我告訴你，從前我在聖路易醫院，替哈鐵爾醫生服務了一年半，並不是想做實習醫師的工作，只是我想到，我將來總有一天要自稱亞森・羅蘋，總不能限定一副面貌叫人認得出來，最好能夠時常隨心所欲地變換面貌，於是我深研此道，把白蠟粉施行皮下注射，就能使皮膚臃腫，再注射焦性沒食子酸和應用馬利筋草汁，就能使皮膚變黑，還點綴許多雀斑紅點。

「還有一種化學藥品可以促進鬚髮狂長，另有好方法改變自己的聲音，我在那兩個月中，待在二十四號獄室裡，練習嘴上的醜態和偏頭和傴僂的模樣，最後我把五滴龍葵鹼滴在眼中，眼光就變得模糊而散漫了，我的化身術完全成功。」

甘聶瑪傾聽著，質疑道：「那獄卒們難道……」

羅蘋解釋說：「我逐日的變化是很慢的，他們不可能注意到這些。」

甘聶瑪問：「那真的單雪・卜特路又如何了？」

羅蘋說：「卜特路實有其人，我去年碰見他，看見他是個狼狽不堪的叫花子，他的面貌輪廓跟我略有相似，我預料自己日後難免有遭擒的一天，所以未雨綢繆，收留了卜特路。我把我們兩人不同之點細加觀察，自己就竭力避免，這次卜特路被捉到警署裡，原是我的朋友們設法讓他在警署中度了一宿，故意湊巧我同時出署，使得你們的猜想鑽到牛角尖裡去。當時我恐怕還不妥，深恐你們不信卜特路是我的替身，便招呼我的朋友們，見卜特路走出院子，立刻跳上去將他拉出門。因此你們偵查時，也以為卜特路李代桃僵，深信不疑了。」

甘聶瑪喃喃地說：「好計畫，想得真周到！」

羅蘋歡呼說：「於是我便有十足的把握了，我知道人們都盼望我逃出法網，我在這裡也正和法律賭博，把我的自由當作賭注，誰知道你們又鬧出這可笑的錯誤，反助我成功。先前我曾誇口，說羅蘋絕不受正式的審訊。難道我是這樣的不中用，只是自我安慰嗎？其實我的目的，是把羅蘋決意脫逃和不受正式審訊的兩個觀念深印在人們的頭腦中，因此你在法庭上聲明，說這人絕不是亞森・羅蘋，大家也就深信不疑了。」

「萬一在那裡，有一個不相信的人，堅決地說這人是亞森・羅蘋，那我可要功敗垂成了。他們只須對我俯身細看，和你們抱著不同的觀念，以為我正是亞森・羅蘋，那麼任我偽裝的怎樣周密，他們總可以認出我的本尊，但我在那時候絕不顧慮到這一點，因為我知道大家深信我要脫逃，絕不會懷疑的。」

羅蘋說到這裡，抓著甘聶瑪的手，很懇切的說：「甘聶瑪，記得我們在森特監獄裡晤談的時候，我曾跟你約定，一星期後的那天下午四時，在你的獄中晤面。」

甘聶瑪似乎不願談這個，問：「你們說起的囚車，是怎樣一回事？」

羅蘋說：「這是騙人的話，我的朋友們找到了一輛廢棄不用的車子，想用來代替囚車冒險救我出來。我認為雖非萬全，不妨一試，好讓人們知道。」

甘聶瑪問：「那麼你藏著的雪茄呢？」

羅蘋說：「這是我故意布置的，刀子裡的紙條也是一樣，紙條上的字是我一個人手筆。我有這本領，能夠模仿任何人的筆跡。」

甘聶瑪想了一會，又說：「他們把那個冒充的卜特路，全身各部位尺寸仔細量過，跟羅蘋尺寸的紀錄完全不同。」

羅蘋說：「你們原來就沒有羅蘋尺寸的紀錄呀！」

甘聶瑪說：「胡說。」

羅蘋說：「老實告訴你。你們即使有關於羅蘋全身尺寸的紀錄，也是不正確的。關於全身各部的量法，我曾下過一番研究工夫，知道量頭、量耳、量手指等是沒法假裝的。」

甘聶瑪說：「那麼……」

羅蘋很快的說：「那麼我就得花錢了！我從美洲回來之前，曾賄賂警署中的秘書，把我的尺寸編了一個假紀錄，自然跟冒充的卜特路不同了。」

沉默了一下，甘聶瑪又問：「此後你作何計畫？」

羅蘋說：「休息一下，使我恢復原來的精神。我雖然善於化裝，不管變作卜特路或旁的人，然而變換過甚，往往連自己都不相信自己，這很叫我擔心。……我現在覺得茫茫然若有所失，很想找回自我。」

這時日影漸淡，羅蘋來往踱了幾步，站在甘聶瑪的面前說：「你還有別的話嗎？」

甘聶瑪說：「還有一點，你想把這次脫身的經過，跟我的錯誤全都發表出來嗎？」

羅蘋說：「何必？故意讓人疑神疑鬼，不知道怎樣脫逃自然更好，我不想讓人知道你們所釋放的是亞森·羅蘋。好友，你別擔心。今夜我還得去赴宴會，現在想去換件衣服。再見！」

甘矗瑪說：「你應該休息幾天呀！」

羅蘋輕輕的嘆息著：「世事忙碌，應酬是難免，我得從明天起才能休息呢！」

甘矗瑪說：「請問你今晚赴何處的宴會？」

四　七心紙牌

我跟亞森・羅蘋相識，實是在前年六月二十二日的晚上。這話且待我從頭說起，那時我們好幾個朋友在開士德餐館裡用餐，餐畢又在一起吸菸，一邊聽著曼妙的舞曲，一邊拉雜的閒談。

我們的談話內容，不知怎的，儘是關於巨賊大盜的故事；談得出神的時候，不覺令人毛骨悚然。

幾個朋友中，馬丁兄弟聽得十分害怕，先告離去，最後只留下我和一個叫琪宏的青年。琪宏的樣子十分健談，人也很豪爽，他跟我一直談到深夜，才相偕走出菜館。

那夜天氣很熱，我跟琪宏在街頭散步著，走到密路德街我的寓所門外，我預備向琪宏告辭，他卻問我說：「你這在這裡，可覺得害怕嗎？」

我不在意的說：「有什麼好害怕的！」

琪宏說：「這一間孤伶伶的小屋，四面繞著荒野，又沒有鄰舍，只你一個人住在裡面，我素來知道你有點膽量，但是……」

我很快的說：「你這些話未免太沒有意思了。」

琪宏說：「不，方才馬丁兄弟聽我講了強盜的故事，嚇得趕緊離去，我勸你也該隨時留心些。」

他跟我很熱烈的握了握手，便在暮夜的街頭消逝了。

我從衣袋裡掏出鑰匙，開門進去。裡面一片黑暗，便叫安東尼快拿火來。話才出口，我才想起今天安東尼請假，不在屋中，只好自己在黑暗中摸索上樓。我進了臥房，很小心的上了鎖，再加上門，接著點上蠟燭，屋裡有了光亮，我才安心了不少。

我一邊更衣想睡，一邊拿起手槍放在枕邊。方才我跟琪宏談話的時候，雖然硬充好漢，然而受了他的勸告，心裡未免有點害怕。

我上了床，心緒紊亂，便隨手翻開一本書閱讀，藉此催眠。

我的書中，向來夾著書籤，好記住停頓的地方。這時候我把書一翻，突然一封信跟書籤一同掉下，我感到奇怪，拾起一看，信封上端端正正的寫著我的姓名，角上還標著「十萬火急」幾個字。

我驚異的跳起來，不知道是誰溜進我的臥房，把這信夾在我所讀的書裡。拆開信來，裡面卻只有寥寥數語：

足下讀信後，如果要命，就乖乖的待在那兒直到天亮，如果你輕舉妄動，我就一槍讓你斃命！

我讀了這信後，雖然心裡很恐慌，但轉念一想，恐慌也無濟於事，不如用沉著的態度，來對付突發狀況。我看著手中的信紙，心想也許未必有什麼事，也許有人——說不定就是琪宏偷偷的送來這封信開我玩笑。

我這樣一想，幾乎要放聲大笑，但是咽喉間好像被什麼東西梗塞著，總不能作聲；我不去理他，索性吹滅燭火睡覺，吹了三四次，總吹不熄，好像信上的話在向我威脅，我索性緊閉兩眼，等事變降臨，也不再胡思亂想了。

這時已經夜深人靜，萬籟無聲；我正在側耳靜聽，突然聽得屋裡有一陣窸窣聲，接著像有人在那裡推門。

我大驚失色，仔細一聽，這聲音正在我的書房裡。原來我的書房跟我的臥房很近，只隔一條通道。我心知不妙，拿起手槍，想跳下床來；誰知我驚慌過度，四肢顫抖，一動也不能動。

我在床上回過頭去，突然看見左面的窗簾在那裡微微的波動，我又是一驚，再留心看時，窗帘波動著一下子又突了起來，我知道有人藏在窗簾的背後。

窗簾是很疏的，那藏在簾後的人一定看見我，我要躲藏也不行了，大概這人既然來恐嚇我，他的同黨便在我的書房裡，儘量的滿載而去，這怎麼好！

隔壁書房裡的聲音在這靜夜中愈來愈響亮，響了一會兒，又有很低的聲音，好像在牆壁上打釘，過了好久方才停止。

這時我已經嚇得魂飛魄散，躺在床上，屏著呼吸，動彈不得。我再偷瞧窗簾，才看清楚窗簾後直挺挺的站著一個人，握著一支手槍瞄準著我。我知道已被盯，一有聲張，性命便保不住。

我這樣屏息的躺著，不知過了多少時候，總算聽見送牛奶的車聲轆轆的從街頭經過，稀微的晨光從窗縫裡透進來。再側耳一聽，街頭也有別的車子經過了。

我鬆了口氣，好像放下肩頭的重擔，勇氣增加不少，於是我緊握手槍，抬起頭來，看窗簾後毫無動靜，我略把窗簾和我的距離估計一下，便對兩邊窗簾的接縫處砰的一槍。

槍聲起處，我很快的從床上跳起來，撲上前去捉賊。誰知道走進一看，窗簾上被打了一個黑洞，窗檻也已經打穿，夜來的怪客卻連蹤影也沒有了。——天呀！我擔驚受怕了一夜，難不成是做了一個惡夢嗎？

我立刻打開房門，穿過通道，預備到書房裡去看個究竟。

當我打開書房的門，遲疑起來，似乎沒有勇氣進去一看，想裡面一定空空如也，只剩蕭然四壁了。

等我走了進去，誰知道裡面的器具和陳設，跟昨天一模一樣，原封不動。我更覺得奇怪，以為昨夜的事真是夢境。

然而我明明聽到了聲音，窗帘後的怪客也明明看見的，為什麼一到早上，什麼可疑的形跡都沒有了？

我愈想愈奇怪，一邊在書房中仔細的檢查著。

最後在地毯下面撿到一張紙牌，紙牌上印著七顆心。這是極平常的東西，但是我的家中素來沒有紙牌，絕不會掉到地毯下去。

我再拿起那張紙牌來細瞧，只看七顆心上，都有一個像針穿過的細孔。

我繼續尋找，卻再找不到什麼，但是一封短信，一張紙牌，已足夠證明昨夜的怪事不是惡夢了。

我居然做起偵探來，忙了一天，在書房裡用心查看。且說我的寓所雖只是小小的住宅，但書房占的地方很大，建造這屋子的人大概是一個好古成痴的人，所以書房的裝潢是一派的古色古香。牆壁和底板上嵌著五彩石塊裝潢，十分美麗，正是中古時期的風格。

牆上還嵌著兩個石像。一個是醉態婆娑的酒神，兩腳跨在酒缸上；一個是寬袍峨冠的皇帝像，長鬚下垂胸口，左手還握著一柄指揮刀。

牆頂有一扇通光的大窗，日夜不閉，若有人從外面架了梯子走進書房來，原是很容易的。但是我在外面的院子裡並不見架梯子的痕跡，草地上也沒有什麼腳印，來無影，去無蹤，這真是怪事了。

我想把昨晚的那回事報警處理，但是我沒有丟失東西，也許被警署中人視為荒誕不經；一封短信，一張紙牌，既不足以做證據，反而被他們當作嘲笑的對象，我何苦自討沒趣，索性作罷了。

恰好前幾天傑伯勒日報社中，有一位朋友向我邀稿，我一時高興，便把這件事做了一篇文章，原原本本的敘述出來，讓好奇的讀者去研究，也許可以明白這個秘密。

文章發表了，卻毫無反應，馬丁兄弟和我見面，還譏笑說我那夜聽多了強盜故事，因此會那樣的疑神疑鬼。

琪宏知道了這件事，因為好奇，特地來到我寓所訪問，要求我把那夜的事詳細告訴他。我不厭煩勞的說了一遍，琪宏也說奇怪。

過了幾天，我也漸漸地把這事淡忘了。

一天上午，我在屋裡聽得門鈴作響，接著安東尼進來通報，說有客人要來見我，又不肯說出姓名。

我叫安東尼讓他進來，舉目一看，來客年約四十歲，樣子十分粗俗，走路時兩腳一蹺一拐的，像有毛病；臉上布滿皺紋，留著大鬍子，身上的衣服雖然破舊，倒還乾淨，和他的人不大相稱。

他見了我，並不說寒喧的話，只很粗率的說：「先生，我在途中一家咖啡店裡翻看近來的傑伯勒日報解悶，偶然讀到你的文章，引起了濃厚的興趣。」

「多謝謬讚。」我敷衍地說。

那人又問：「我就是因此來訪問先生的，這篇文章裡所記載的，究竟是事實還是虛造的，懇請先生告訴我。」

我不悅地說：「裡面沒有一句話是虛構的。」

那人說：「既然是事實，我有話要告訴先生。」

出來。」

我說：「什麼話你儘管說吧！」

那人說：「請先生讓我在書房裡查看一下，我才好打定主意，把我的意思說

我納悶地說：「我不明白你的意思。」

那人說：「我曾經親身經歷過一件事，和先生文章中所記的十分相像，但不知其中底細可完全相同，我想來查看一下，如果不同，我也不必跟你說了。」

我打量那人的臉色很是焦急，便允許了他，問他要在書房裡查勘多少時候。他說只要三分鐘，過了三分鐘，就可報告結果。

我點點頭走下樓去，站在樓梯下面，拿著表計算時間。

我的心跳得很厲害，見一分鐘兩分鐘過去了，又過了三十秒鐘，又過了十五秒鐘，我幾乎連呼吸也快停頓了。

突然樓上砰的一聲槍響，我飛奔上樓，只見那人倒在血泊裡，腦漿和鮮血飛濺，槍口還冒著煙。他的四肢在微微抽搐著，一下子就不動了。

這時我又急又驚，低頭瞧去，見屍體附近的地上又有一張七心紙牌。我忙拾起一看，每顆心上各有一點針孔，像那天我在地毯下找到的一樣。

半小時後，警察聞報趕到，接著醫生和警署裡的偵探部長杜道愛，也來到出事

地點。

我知道這件命案非常離奇，對於那人的屍體和房中的東西絲毫不敢移動，好讓警局實地研究。

警察搜查那人的衣袋，查看那人身上，什麼東西也沒有留下，甚至於連那人的姓名都查不出來。據我推想，那人絕不是到我這裡來自殺，想嫁禍於我的；也許在這三分鐘之內，他在房中發現什麼，情急起來才舉槍自殺。

但是他究竟發現什麼，我卻想不出。

後來警察移去屍體時，忽然得了一點線索，原來死者的右手中掉下一個紙團，大家一看是一張名片，印著的姓名是「安特曼」，地址是「白票街三十七號」。

這位安特曼，我雖不認識，卻是久聞大名。他是巴黎的銀行家，又是法國五金業的權威者：五金商會是他發起，又是他擔任會長。

他因為富有，起居很奢華，有著大臺汽車和幾批名駒，家中常有宴會，嘉賓滿堂，安特曼夫人也是社交界裡有名的人物。

這時我看著名片，對偵探部長杜道愛說：「死者可能是安特曼嗎？」

杜道愛端詳著死者的臉，說：「不，他不是安特曼，安特曼臉色很白，頭髮斑白，不是這個樣子。」

我問：「那麼這名片從何而來呢？」

杜道愛不答，只問我：「這裡可有電話？」

我告訴他樓上客廳中裝有電話。杜道愛和我便上樓，在電話簿裡，翻到安特曼住宅的號碼，等到電話接通，便匆匆通知：

「我是杜道愛。有重要的事，請安特曼先生接洽，請他趕快到密路德街二〇二號來。」

隔了二十分鐘，安特曼駕著汽車前來。我們一邊跟他說了大略，一邊領他走上樓去。

他一看死者的臉，不禁變色，強作鎮靜的說：「這人像大福林呀！」

杜道愛接著說：「先生認識他嗎？」

「不認識。」安特曼很快回答，但又接著說：「我曾和他見過一面，他還有一個兄弟……」

「他有兄弟嗎？」杜道愛插嘴問。

安特曼說：「不錯。他的兄弟叫亞爾倍，我記不得怎樣跟他認識，他常來纏我借錢。」

杜道愛又問：「你可知道死者的住址嗎？」

安特曼說：「他們兩兄弟同住在白文司街。」

杜道愛問：「你可否猜想死者自殺的原因？」

安特曼說：「不知道！」

杜道愛緊逼一步問：「死者為什麼握著你的名片自殺呢？」

安特曼鎮靜的說：「我怎麼知道，這全仗你們的大力偵查了。」

我心中的疑團仍舊不能釋懷，警方也想不出著手的辦法。

第二天，我看到報紙上的記載，聽到朋友們的議論，都說這事實在奇怪，只有憑著安特曼的名片當作唯一的線索，也許能查明真相。

警察們查到死者的祖籍是瑞士，死者兄弟平時結交下流。總在賭窟裡過日子。他們曾經因為設局騙錢，被政府驅逐過，從此兄弟兩同住白文司街二十四號，至今已有六年。但警察們趕到那裡去偵查，那兄弟早已搬移。

我看到這種情形，愈來愈迷惘，索性放手不問。只有熱心的琪宏說這案情節曲折，可供我做小說的材料，勸我留意一點，但我又不會偵探，自然辜負了他的好意。

琪宏可真熱心，那天他把報紙上一段轉載的新聞剪下來給我看，我跟他同讀著：

新式潛艇業已成功，不久將在皇帝面前實驗；試航的地方目前嚴守秘密，據說若潛艇試航成功，在海軍武器中恐是極大的改革。潛艇名稱已為人洩露，本報得悉該潛艇定名為「七心號」。

我失聲說：「七心！和我所得的怪紙牌竟那樣的巧合！但七心紙牌在法國，七心潛艇在德國，事情又不相干，我想是絕無關係的。」

琪宏說：「世界上的事往往不能一概而論，有些事表面雖然巧合，實在是互有關係的。我再去留心探查，有機會再告訴你。」

他便告別了。

幾天後，我在報紙上看到另一則新聞，是從德國報紙上節錄下來的：

轟動全歐的潛艇七心號將舉行試航。據聞該潛艇係法國某工程師設計，本擬請本國政府資助製造，不獲允許；旋向英國海軍部要求，又遭拒絕。幸我德國政府極願以資金相助，始告成功。詳情因關軍事秘密，為免披露云。

這一節錄的新聞，使整個法國大受震驚。

接著，當時法蘭西日報上，也有一篇文章發表，更加引起社會上的驚異。好在現在事過境遷，這件一案不會引起國際糾紛，我不妨把法蘭西日報上那篇文章概要一述，而且那篇文章跟神秘的七心紙牌案大有關係。

那文章的大標題叫「七心案」，小標題是「揭露一角神秘的黑幕」，作者署的筆名是愛國者，大意如下：

「十年前，有一位名叫蘭恭的青年技師，因打算專心從事研究，辭去了他本來的職務，租了密路德街某住宅住下。這住宅的舊主人是義大利貴族，經營布置時，煞費苦心；蘭恭到了這屋裡，謝絕俗務，專心進行他理想中的計畫。他的助手就是福林兄弟，一個助他試驗，另一個給他張羅經費。

「那時安特曼氏正在組織五金商會，為了接洽事務，和蘭恭相識。安特曼十分熱心，答應以資金幫助；等設計成功還預備代向政府中人遊說，得到試驗的機會。蘭恭十分高興，進行的勇氣受到很大鼓舞，原來蘭恭所設計進行的，便是製造新型的潛艇。

「蘭恭的毅力可真不錯，一直埋頭研究了兩年。這兩年中，他常在安特曼家出入，若有什麼心得，總是興沖沖的去告訴安特曼，末後他把新型潛艇的圖樣和說明書，一切預備好，要求安特曼幫忙，安特曼也一口答應。那晚談得很盡興，蘭恭便在安特曼家中吃了晚餐，到十一時才辭去，誰知從那一晚後，這位青年技師便失蹤了。

「警局得到蘭恭失蹤的報告，偵騎四出，查無所得。有的人以為蘭恭孤僻成性，苦心經營的圖樣一完工，就隱身到國外去，但是那張新型潛艇的圖樣究竟在哪裡，這是一個有關國防的重大問題，絕不可輕忽的，仔細探訪之後，才知道那圖不知怎的，已落入福林兄弟手中。但福林兄弟有了這軍事秘密的圖樣，為什麼不去賣一筆錢，卻無人知道。

「這事到如今已有整整七年，不料七年後的今日，鄰邦忽有七心號新型潛艇出現，蛛絲馬跡，不無可尋，至於失蹤的蘭恭是否還在世上，筆者無從知道，但該潛艇的圖樣，可以確定已被福林兄弟賣掉，試航能否成功，也很難說，筆者卻以為不免要失敗的。」

這篇文章下面還有一節按語：

「本文交付排版時，本報接到私人方面消息，知道新型潛艇試航已經失敗。推測起來，當蘭恭失蹤的那晚，把潛艇說明書送給安特曼，從此就留在安特曼那裡，沒有給福林兄弟取去，因此福林兄弟出售的圖樣並不完全，所以失敗。照這樣看來，這事如果仗著安特曼的力量，還可補救，有幾點我們還得請安特曼先生釋疑：

「第一，大福林臨死時，為什麼手中握著安特曼的名片？

「第二，新型潛的圖樣既已失去，為什麼到今還守著秘密？

「第三，安特曼在六年來為什麼聘請偵探們暗中注意福林兄弟的行動？我們極希望安特曼先生能夠據實聲明，不以空言搪塞，否則的話，……」

按語到此結束，筆者卻用恐嚇的口吻挾制安特曼，要他據實聲明，似乎說不過去，我也暗暗覺得奇怪。

這篇文章一發表，各報的訪員接踵去拜訪安特曼，安特曼一律不見，杜門謝客。

第二天，各報上大多有這一段新聞：

本報記者昨天驅車往訪安特曼先生，他竟拒絕不見；但無論如何，總得請他聲明一下，以釋社會上的疑團。

這一天，琪宏因為我的堅留，在我寓所裡用了晚餐。餐畢，我們在書房裡看了一會報紙，便談起天來，談話的中心自然是七心案。

這時書房的門開了，走進一個人來，悄然無聲的，連門鈴都不按。我抬頭一看，原來是一個女人，臉上蒙著極厚的面紗，所以瞧不出是誰。

我忙站起身來，那女人很和婉的問：「先生，這就是這裡的主人嗎？」

我說：「不錯，小姐怎麼來的？」

她說：「府上的門正開著，我是從後門來的。」

我覺得這女人對於我的屋子很熟悉，不禁奇怪。那時她回頭打量著琪宏，我忙給她介紹，請她就坐。她慢慢地除去面紗，露出清秀的臉容，但是她的眉目間帶著深深的憂色。

她隨即清楚的說：「我就是安特曼夫人。我乘夜冒昧來訪，就是想詳細知道先生親身經歷的那一回事。」

我說：「我那夜神秘的經歷，都已著文在報章發表，如果夫人還有不明瞭處，在下極願回答。」

「我實不……」

安特曼夫人只吐出幾個字，沒說下去。我瞧她的模樣，知道她實在心亂如麻，方才是勉強鎮靜的。

琪宏在旁，很恭敬的對安特曼夫人說：「我想冒昧問夫人幾個問題，不知夫人可允許嗎？」

夫人點點頭。

琪宏問：「夫人可跟那青年技師蘭恭相識嗎？」

夫人說：「是的，我先生跟蘭恭相識，因他介紹，我才和蘭恭認識的。」

「夫人和他最後會面，是在什麼時候？」琪宏問。

「就是他在我家用餐的那晚。」

「那晚蘭恭可提起將有遠行的話嗎？」

「他先前曾隨口說過，想往俄羅斯一遊，但並無決意；至於那晚，卻絕對沒有提起。」

「那晚蘭恭臨別時，可約定再來的時候？」

「是的，我約他次晚再來我家用餐。」

琪宏又進一步問：「夫人可知道他失蹤的原因嗎？」

夫人很誠懇的說：「我不知道。」

琪宏又問：「那麼安特曼先生可知道一二嗎？」

夫人說：「想來他也未必明白。」

琪宏說：「法蘭西日報上有一篇署名愛國者作的文章，說安特曼先生知道這底細的。」

夫人說：「文章中指的不是我丈夫，是福林兄弟。」

「夫人又怎樣知道的？」

「那晚蘭恭走的時候，帶著皮包，皮包裡藏著重要文件。過了幾天，我的丈夫碰見亞爾倍福林，從他的話中，知道蘭恭的文件已落入他兩兄弟之手。」

琪宏聽到這裡，十分注意，又問：「既然這樣，安特曼為什麼不把秘密公開，向他們索回那些文件？」

「因為有別的……」夫人囁嚅的說不出口來。

琪宏很快的接口說：「因此安特曼先生請了偵探來，暗地裡監視他們的行動，也許怕他們還有別的文件，向你丈夫敲詐嗎？」

夫人不由自主地嘆息一聲，說：「他們不但敲詐我丈夫，還要敲詐我！」

「這不可能的呀！」

「他們挾制我的，比挾制我丈夫的還要厲害十倍。」她毫不遲疑的說出這幾句話。

琪宏已經猜到了一些，便問：「夫人可跟蘭恭有書信往來嗎？」

「有的，我丈夫給他的信，全是我代筆的。」

「夫人的私信可有嗎？——對不起，我冒昧地問妳，也許能給夫人一點幫忙。」琪宏很鄭重的說。

一陣紅暈泛上夫人的臉，她輕聲說：「有的。」

「那麼這些信在福林兄弟手中嗎？」

夫人娥眉緊蹙，很沮喪的說：「他們掌握這些文件，向我丈夫恐嚇，以兩邊不宣布秘密為條件，我丈夫恐蒙私生活淫亂的惡名，只好對他們屈服。」

琪宏說：「安特曼先生總得取回這些信啊！」

「我丈夫知道這些信件的事，就跟我鬧翻了。」

琪宏說：「既已鬧翻，這些信也失掉價值，福林兄弟又為何要挾制妳？」

「你不知道，我丈夫很愛我，如果他不曾看到信裡說的什麼話，他絕不會令我難堪的。」

「福林兄弟不是好東西，他們牢牢地拿住這些信，你們夫婦只好供他們魚肉了。」

「是呀，他們把這些信藏的很神秘，但近來被我丈夫探悉藏信的地方。」

琪宏忙問：「什麼地方？你可知道嗎？」

夫人很鎮靜地說：「就在這屋裡。」

我起初保持著緘默，這時突然一驚，失聲說：「什麼，夫人，你以為在這屋裡嗎？」

夫人說：「是的，蘭恭原是很聰明的人，他當初在這間屋裡一定創造一處秘密機關，鑰匙也由他自由配置，好安放重要物件。大概這秘密機關被福林兄弟知道，所以把我的信也放在這裡，不怕被發現。」

我仍舊不相信，說：「他們既不住在這裡，怎樣把那些秘密文件藏到這裡來呢？」

夫人說：「你搬到這裡來，只有四個月，也許以前福林兄弟早乘機溜入屋裡中安放好了。就是你在這裡，他們也可以混入屋中，來去無影。他們雖然厲害，卻不曾防到我的丈夫。我的丈夫在六月二十二日那晚溜到這屋裡，找到秘密機關，把信拿走，還留下一張名片。兩天之後，大福林在報紙上看見你的文章，急趕到這屋裡來一探；藏匿的信既已失蹤，看到我丈夫的名片，知道我將向警署告發，追究新型潛艇的圖樣，大福林又氣又急，就當場自殺了。」

琪宏說：「這些話是安特曼先生告訴你的呢？還是你的猜想呢？」

夫人說：「我想一定是這樣的。」

琪宏問：「安特曼先生從那天後，神情便有點異樣，可有什麼改善嗎？」

夫人說：「什麼都沒有。」

琪宏說：「如果你丈夫得了信，對妳的態度一定會改變，現在既然沒有，我想拿信的未必是安特曼先生。」

夫人搖頭說：「不，除了他又有誰呢？」

琪宏說：「據我的猜想，一定有一個旁觀者，對這案子十分注意。六月二十二日那晚，他和同伴來到這屋裡，找到秘密機關，把那些信拿去，還留下安特曼先生的名片。」

我聽到這裡，忍不住問：「這個神秘的旁觀者是誰啊？」

琪宏說：「我想就是那個在報上發表文章，署名愛國者的人。他在那篇文章中說的好像親歷其事似的，那麼福林兄弟的秘密怎逃得過他！」

夫人失聲說：「哎呀！我的信落入那人手中，又是做了那人向我丈夫敲詐的資料了。」

琪宏很有把握的說：「我想他是不會的，夫人盡可放心。夫人不妨寫一封信告訴他隱情，我想就得了。」

夫人問：「這個叫我怎樣告訴他呢？」

琪宏說：「我想這個署名愛國者的人，只想蒐集鐵證，來對付亞爾倍・福林，並不是對付妳丈夫的。我且問你，妳丈夫那裡還有蘭恭遺下的什麼圖樣嗎？」

夫人說：「有的。」

琪宏說：「那麼你不妨在信中提起，他喚妳怎樣去取，妳就怎樣的取給他好了。」

夫人很沮喪的問：「我一定得寫信給那個愛國者嗎？」

琪宏說：「是的，除此以外，我也想不出其他更妥當的方法幫助妳。」

我也認為不錯，如果這個愛國者的真意，正如琪宏所說，也許夫人反可得他幫助；安特曼夫人也認為目前只有這辦法，就道謝跟我們告別。他娉婷的倩影，在黑暗的門外消失了。

兩天後，我接到一封要我轉交安特曼夫人的信。她看了之後，也給我一瞧，原來是那個愛國者給她的覆信：

「夫人的信，真的不在我手中，我會設法為夫人取回來，請夫人稍安勿躁。」署名是愛國者。

我把這信和那晚夾在我書裡的恐嚇信一比對，顯然是出於同一個人的手筆。照我猜想，那人已經胸有成竹，不久的將來便可使全案水落石出了。

但是我大惑不解的是那兩張七心紙牌，為什麼放在我的房中？蘭恭的新型潛艇，叫七心號，和這個有什麼關係？我愈想愈覺神秘，又無從去請教，心裡極不痛快。

琪宏天天到我寓中來，很熱心地在幾間房中東尋西找，我問他找什麼。他很正經的說：「福林兄弟，既然把這裡當作秘密的地方，想來安特曼夫人的信也藏在這裡，沒有移到別處去。那愛國者雖然沒有把這些信找到，我努力尋找，也許有給我搜到的一天呢！」

琪宏不顧我的取笑，甚至把書房的磚頭、石縫也都搜尋過，結果總是失望。

那一天，琪宏很高興地來到我的寓所，還帶著一些鏟、鋤等鐵器，要發掘我寓中的院子。他隨手把一把鐵鏟交給我，說：「老朋友，請你幫我忙吧。」

我本想嗤之以鼻，但見他那樣熱誠的態度，又不敢掃他的興，便陪他到院子裡，他很仔細的把院子一部分一部分的區分開來，依次發掘，結果——果然是如我所料的失望！

牆角有一堆碎石塊，那裏又陰暗又潮溼，石塊上滿長著青苔，琪宏打量了好一會，又叫我幫忙，把那堆石塊鏟開，我無奈的答應了他。

中午的太陽像火傘似的張著，我們兩個汗流浹背的工作了整整一小時，最後總算把碎石塊鏟開了。

我們突然看見泥土中有許多枯骨，隱隱有衣服的碎片。下面又有一方小鐵板，鐵板上漆著七顆紅心，排列正和七心牌一樣，那鐵板大小，也和紙牌相等；更奇怪的，每一顆心上，也各有一個細孔。

我看到這情形，回憶前事，心跳得很厲害，自覺神智也有點恍惚，站著聲音對琪宏說：「天呀！這是怎麼一回事！我倦得很，讓我休息一會吧！」

我受驚嚇暈了過去，在昏迷中，好像見到那一堆枯骨在我眼前跳舞；又覺得眼前全是亂舞，那紅點的鐵板一塊塊向我拋來。

我情緒激動，幾乎喊出聲來。琪宏倒好，每天來探望我，還趁便在我書房裡搜索。

他又像安慰我似的說：「我現在相信那些信在你的書房裡，不妨用我的名譽做擔保。」

我很不高興的說：「得了，請你別再胡鬧了，讓我好好休養一下吧！」

琪宏討了沒趣，才訕訕的走了。

我這一病，整整躺了兩天兩夜。到了第三天早上，勉強撐著疲乏的身子爬起床來，吃喝了一點東西，才覺得精神抖擻。

下午五點鐘，郵差送來一封信，上面寫著：

茲有瑣事奉瀆：六月二十二日那晚開始演出的好戲快要結束，我已約定雙方要角在尊寓一晤。今晚九時至十一時，擬借尊寓一用，懇予允許。屆時絕無武行演出，敬請放心。令僕希望能暫時遣出，先生如能避開更好。我在六月二十二日那晚前來尊寓，對先生所有的東西絲毫不動，今次要請先生諒解並能予以信任。

署名又是那個愛國者。

這信寫得婉轉動聽，我倒也無法拒絕。

那晚八點鐘，我給僕人安東尼一張戲票，打發他看戲去。這時琪宏又來探望我了，我把信給他看。他問：「你可答應？」

我說：「叫我怎樣不答應呢？讓我拔去花園上的閂，放他進來，也許這些角色們全要來了。」

琪宏又問：「那你要避到哪裡去呢？」

我好奇的說：「我料定今晚的事很好玩的，雖然那個愛國者叫我避開，我倒想偷看一下呢！」

琪宏笑著說：「好呀！我也奉陪，我跟你兩個躲在……」

門鈴響了，琪宏又說：「也許是他來了，但現在還只有八點四十分，他來得倒很早！」

我穿過客堂，去開花園的門，黑影裡走進一個娉婷的女人來，正是安特曼夫人，她的臉上帶著又憂慮又焦急的表情，向我斷斷續續地說：「我的丈夫得了信，到這裡來……他來了嗎？……那人要把信件交給我丈夫了。……」

我很奇怪的說：「夫人，你怎樣知道的？」

她說：「我們夫婦在用晚餐的時候，突然來了一通電話，僕人把對方的話記下，遞給我，我丈夫一見，急忙搶去，不料我早看清楚了，那是『今夜九時，請帶著一切憑據前往密路德街，當將信件互相交換。』我匆匆吃完晚餐。回到自己房中，偷偷地趕到這裡來了。」

我問：「安特曼先生大概不知道夫人到這裡來？」

夫人點頭說：「不錯。」

琪宏澄澄的眼光看著我，說：「你認為如何？」

「安特曼先生一定是雙方要角的一個。」

我說著，引導琪宏和安特曼夫人到我的書房中，在火爐架後面坐下，又用絨帘遮住。這時書房中陳設的東西全都移開，正是一個好的會場。

九點幾分後，我在寂靜中，聽得見花園的門關起的聲音，我的神經突然緊張起來，心跳得很厲害。

琪宏對坐在我們中間的安特曼夫人說：「夫人坐在這裡，應該十分鎮靜，不論有什麼見聞，都別聲張，免得露出破綻。」

我們從空隙望出去，只見一個粗俗的漢子走進我的書室來。看他走路時一蹺一拐的模樣，鬍髯滿面，皮膚黝黑，正是亞爾倍，跟他哥哥大福林先生完全一個模樣。

他走進書房，緩慢又謹慎，也許怕中了什麼埋伏。

他一眼看見火爐架前的絨帘，有點起疑想奔過來，才一舉步，陡然停止。他很快的走到牆邊，凝視著嵌在牆上的皇帝石像，又跳到椅子上去，撫摸石像的頭和肩胛。

這時在外面的黑暗中，又傳來一陣腳步聲漸漸逼近。亞爾倍忙從椅上跳下，回頭一看，一個紳士正走進書房，是安特曼。

安特曼早見了亞爾倍，露出驚異的臉色來，說：「是你叫我來這裡的嗎？」

「不，我什麼時候叫你來的！」這是亞爾倍粗暴的聲音。

安特曼說：「我得到你親筆簽名的信。」

「哼，胡說！」

安特曼生氣地說：「不是你，那會是誰跟我開玩笑？」

亞爾倍不作聲，舉步想走出去，安特曼很快的攔住他，問：「你想怎樣？」

亞爾倍粗暴地說：「我要走了，晚安。」

安特曼說：「不行，我們難得會面，我有話跟你說。」

亞爾倍：「沒有什麼好談的，快讓我出去吧！」

「不行！」安特曼的說話和臉色都很堅決，亞爾倍不敢違抗，便低聲問：「你有什麼話？」

安特曼冷靜地說：「我想跟你談一談幾年前的舊事。亞爾倍，你們兄弟倆究竟怎樣是收拾蘭恭的，今晚不妨和我說個清楚。」

「就是這件事嗎？我怎會知道！」

「你們兄弟老是在蘭恭的身邊，他租下這間房子，也是跟你們同住，你們怎會不知道！記得蘭恭失蹤的那晚，我送他出門，彷彿看見黑暗中有兩個人影。」

「你可看見這兩個人影是什麼人？」

安特曼不加思索地說：「自然是你們兄弟倆！」

「可有證據嗎？」

「蘭恭失蹤的後兩天，你把蘭恭文件匣中的文件拿來要賣給我，這不是最好的證據嗎？請問這些文件，你是怎樣得到的？」

「我早已告訴過你，蘭恭失蹤的第二天，我們檢查他的抽屜，才得到這些文件的。」

「我不相信，這是謊話！」

「你無法證明我是說謊。」

「警察們會證實的。」

亞爾倍冷笑一聲說：「當時你早該報警了！」

「我……」安特曼的話有點囁嚅了。

亞爾倍得意地說：「安特曼先生，你如果掌握我們什麼證據，也不致於受我們的恐嚇了。」

安特曼突然聲色俱厲的說：「你竟然用那些信件恐嚇我！今天你若不把那些信給我，你別想走出去。」

亞爾倍的聲音倒和緩了，說：「我勸你，安特曼先生，……」

「你休想走出去！」安特曼惱羞成怒。

亞爾倍厲聲道：「我有行動自由，看你怎麼攔得住我！」

這時，安特曼攔著亞爾倍，我突然見亞爾倍很快的從衣袋裡掏出手槍，指著安特曼喝道：「快讓開！」

安特曼急忙俯身下去，接著砰的一下手槍聲，亞爾倍緊握著的手槍立刻掉在地上。

這一下我幾乎失聲驚喊，原來手槍是從我身邊放出去的。說時遲，那時快，琪宏已經撲向絨帘，站在安特曼和亞爾倍的中間，對亞爾倍說：

「朋友，你敢再動一下，當心我第二槍！」

亞爾倍面容失色，向後倒退，琪宏又對安特曼說：「先生，我本是旁觀者，只因為你打這張紙牌太不中用，不覺技癢，冒昧參加，代你應付過去。」接著回頭對亞爾倍說：「朋友，我們來玩一下紙牌好嗎？我先打一張七心牌。」

他立刻從身邊掏出七心的小鐵板來，放在亞爾倍眼前。

亞爾倍一見，臉色陡變，動彈不得，末後才顫抖著聲音問：「你……你是什麼人？」

「我是一個好事的人。」琪宏說得很輕淡。

亞爾倍掙扎著說：「你要什麼？」

琪宏說：「你帶來的東西，我全都要。」

「我沒有帶什麼來啊！」

琪宏厲聲說：「你胡說！今天早上，你接到一封短信，叫你今晚九點帶著一切有關文件到這裡來碰頭，你何必再扯謊！——你帶來的文件可是完整的？要多少代價出售？」

亞爾倍臉上現出苦笑，說：「你是指新型潛艇的圖樣嗎？代價要二十萬法郎。」

琪宏說：「你賣給德國人不過二萬法郎，如今為什麼加上十倍了？而且這新型潛艇已經試驗失敗了。」

亞爾倍說：「他們不懂圖樣和方法，自然要失敗了。」

琪宏說：「不對，因為這圖樣還不完整。」

亞爾倍說：「那麼你買這圖樣去有什麼用？」

琪宏說：「我自有用處。五千法郎的代價怎樣？」

亞爾倍說：「最少一萬法郎。」

「好的。」琪宏點點頭，又對安特曼說：「請你簽支票給他吧！」

安特曼說：「我沒有帶支票簿來呀！」

「這便是你的支票簿。」琪宏一邊說，一邊把支票簿交給安特曼。

安特曼看了一眼，驚詫地說：「這的確是我的支票簿，但怎會……」

琪宏打斷他的話：「廢話少說，先簽上字再說。」

安特曼拿出筆來，在一張支票上簽了字，亞爾倍伸手來接，卻被琪宏喝住：「且慢，我還有話要說。」接著回頭問安特曼：「你要收回那些信件嗎？」

安特曼點頭說：「那當然。」

琪宏便問：「亞爾倍，那些信放在哪裡？」

亞爾倍說：「是我哥哥放的，我不清楚，大概總在這房間裡吧。」

琪宏說：「那麼你把秘密機關打開來瞧瞧。」

亞爾倍說：「可惜我手頭沒有七心紙牌，有了便很容易的。」

「這小鐵板可以代用，我先來開一處給你看。」琪宏說著，很快的走到牆邊，站在皇帝石像旁，接著跳上椅子，把那小鐵板貼著在石像手中的指揮刀上，一頭和刀柄貼住，一頭接住刀口；又掏出一把小錐子，向七心的細孔上逐一刺去，忽然石像的半身換了一個位置，現出一個嵌在壁中的櫥櫃，共有上下兩層，是由純鋼造成，映著燈光，鋼板十分閃亮，卻沒有放什麼東西。

琪宏說：「亞爾倍，你看，裡面空空如也！」

亞爾倍說：「不錯，那些信也許被我哥哥換了地方放了。」

琪宏說：「少胡說，我知道還有一個秘密機關，你不妨說出來，那些信要多少代價。」

亞爾倍說：「我還要一萬法郎。」

琪宏回頭對安特曼說：「安特曼先生，你可願意出一萬法郎把這些信買回來？」

安特曼忙說：「願意。」

亞爾倍便上去，使石像恢復原狀，又把七心鐵板倒轉，仍放在原處，用小錐向七個細孔逐一刺去。石像突然轉動，把身體旋轉了過來。原來石像背上也有一個秘密機關，裡面放著一束用火漆封緘的信。

亞貝爾拿出來交給琪宏，琪宏回頭問安特曼：「支票簽了嗎？安特曼先生。」

安特曼說：「簽好了。」

琪宏又問亞爾倍：「蘭恭的新型潛艇圖樣和說明書，你帶來了嗎？」

亞爾倍頹喪的點點頭，於是雙方交換，琪宏把兩張支票和文件放進自己的衣服口袋裡，又對安特曼說：「這一束交給你吧！」

安特曼臉色很難看，顫抖著手，從琪宏的手裡接過那束信。

我正用著全副精神注意他們的說話和動作，突然覺得身旁有微微的呻吟聲！我急忙握著安特曼夫人的手，她的手冷得像冰一樣。

琪宏對安特曼說：「安特曼先生，這是我偶然發現的，你也不用感謝我，我們的事算了結了。」

安特曼沒說什麼，臉色蒼白，拿著那些信走了。

「今天我一路順風，幸運極了！」琪宏露出得意的樣子。接著又對亞爾倍說：「我們還得再談判一回，你另外的文件可帶來了嗎？」

亞爾倍很順從的從袋裡掏出一捲紙來，說：「就是這個。」

琪宏接著，略一過目，放在自己的衣袋裡，點點頭說：「好的，你的事也結束了。」

亞爾倍說：「只是……」

琪宏說：「還有什麼？」

「那兩張支票，你該還給我。」

「你還是識相一點，你竟敢向我……」

亞爾倍失聲說：「你說什麼？」

琪宏厲聲道：「這些文件都是你犯罪的證據，你還敢向我要錢！」

這一來，亞爾倍真是怒火中燒，惡向膽邊生，滿眼通紅，從身旁拔出一把刀來，就向琪宏刺去，琪宏身手矯捷，跳起身來閃過，隨手抓著亞爾倍的手腕一捏，亞爾倍哎喲一聲，刀也掉在地上。

琪宏冷冷地說：「朋友，你還是到外面去休息一下，院子裡的空氣很新鮮呢，我不妨陪你一起走，看看牆角的那堆石塊，我的七心小鐵板就是從下面挖出來的。你該記得，這小鐵板是蘭恭隨身攜帶的，你們卻把它埋到碎石堆下面，還有旁邊的東西，可都是警探們求之不得的。」

亞爾倍聽到這裡，用力擺脫琪宏，雙手掩住臉，恨恨地說：「算了，我自認失敗，不和你計較，放我出去吧！但我還有一句話問你。」

「什麼話？快說。」

「你打開那石像的秘密櫥櫃時，可發現有一隻小鐵箱嗎？」

「有，我還知道裡面全是金銀珠寶，大概是你們兄弟非法得來的贓物。」

亞爾倍失聲說：「喲，這個也落入你的手裡了嗎？」

琪宏淡淡的說：「是的，如果換了你是我，會不拿走嗎？」

亞爾倍臉色似死灰一般，頹喪地嘆了口氣說：「我哥哥的自殺原來是為了這個！我想六月二十二日那晚，是你到這裡把寶箱拿走，待我哥哥來後，看到這情形，又急又恨，便自殺了。」

琪宏說：「也許是這樣，除了珠寶外，你們和德國人往來的信件也在我的手裡，這是很重要的。你還有別的話要說嗎？」

亞爾倍說：「我想請教你的尊姓大名。」

「你想報仇嗎？」

「不錯。風水輪流轉，今天你贏了，但是明天……」

「明天你占上風。」

「如你所說！告訴我，你是誰？」

琪宏說：「我叫做……」便向亞爾倍悄聲說了姓名。

亞爾倍嘆了口氣，說：「竟然是你，我真意想不到。算了，我那二萬法郎的支票和另外的東西一起孝敬你了吧！再會！」

他的臉上浮起苦笑，很頹喪地走了。

我見亞爾倍走了，便揭開絨幕，喊著：「琪宏，快來！」

「什麼事？」琪宏說著，立刻奔過來。

我忙告訴他安特曼夫人受驚過度，已經暈過去，他從身邊掏出一瓶嗅鹽，俯身放在夫人的鼻邊，接著問我：「夫人為什麼暈了過去？」

「就是那些信件！她見你把東西交給安特曼，就支持不住暈了。」

「呀，我可沒這麼傻，她誤會了。」

安特曼夫人星眸微啟，漸漸醒來，琪宏從身邊掏出一束信來，我一眼看去，正和方才交給安特曼那束是一模一樣的。

琪宏把信交給夫人，說：「夫人，這是妳的信，物歸原主。」

夫人很驚訝的問：「那麼方才你交給我丈夫的是什麼呢？」

「表面上仍是夫人的信，其實是偽造的，昨晚我費了許多工夫，把妳的信重抄一遍，裡面的話略有增刪，讓妳丈夫讀了，不但不會懷疑你有別的外心，也許更要愛妳呢！而且他親自見亞爾倍把信交出來，萬萬想不到那是假的。」

夫人仍擔心地說：「但是筆跡會有破綻啊！」

琪宏說：「我模仿夫人的筆跡十分神似，足以哄騙過你的丈夫。」

這時安特曼夫人露出十分感激的神色。

我見琪宏竟有這樣的本領和膽識，非常欽佩，把他拉到一旁，低聲問他：「你找到了第二個秘密機關，先拿到那些信嗎？」

琪宏點點頭說：「不錯，我為了這個花費許多精力和時間，才在昨天午夜後找到的，那時你還躺在床上，沒有看見。一切事情總是這樣，著手時很困難，過後一想，卻很容易。」

他一邊說，一邊拿出一張七心紙牌來，說：「我把這個貼在石像的指揮刀上，找到第一個秘密機關。」

「你怎樣會想到這個的？」

「我們以前在聊天的時候就知道這裡有秘密機關，六月二十二日那晚，我就自己動手了。」

「就是那晚我們分手之後嗎？」

「是的，我那晚有意說些恐怖的話，使你害怕，又寫了那封恐嚇信，於是你就任我擺布，不敢下床來瞧了。」

我說：「你那晚在書房中做了些什麼呢？」

琪宏說：「就是開那秘密機關，我雖然知道七心紙牌有很大的功用，那晚動手的時候卻找得很苦，忙了一小時，好不容易才弄清楚。」

「忙了一小時嗎？」

「是的，這座石像雕的就是古代羅馬皇帝蘇祿門，我們法國紙牌上的王，是照這個畫的。」

我向石像看了一下，果然不錯，便說：「但你怎麼知道用那張七心紙牌可以打開裡面的機關？不只打開前面的大櫥，還可以打再開後面的小櫥，你先前卻又只開大櫥，這又是為什麼緣故呢？」

「我先前只把紙牌順放，所以沒有發現，前天我倒過來放，發現中間那顆心低了下去，另外的心，位置也有點異樣。我依前法一試，果然找到第二個秘密機關。」

我又問：「當你不曾和安特曼夫人見面之前，也知道這裡藏著那些信件嗎？」

「不，我在第一個秘密機關裡只得到福林兄弟私通外國的文件，和他們的藏寶箱。」

「這回的事湊巧極了，你當初不過是要取他們的錢財，無意中卻得到他們叛國的證據，再探究新型潛艇的圖樣和說明書，又獲得兩萬法郎酬報——你真是幸運兒，然而卻害慘了我！」

「我們再細談吧！現在我得送安特曼夫人回家了，還要把詳情寫文章發表呢！」他說著，和我道了晚安，便陪著安特曼夫人走了。

次日的法蘭西日報上，有一則要聞，說：

亞森．羅蘋已解決那個愛國者的疑點，蘭恭遺下的新型潛艇和說明書業經羅蘋送交海軍部長。羅蘋並發起募捐，造一艘七心號的新型潛艇貢獻政府，首先慷慨捐贈兩萬法郎云。

我失聲說：「琪宏就是大名鼎鼎的亞森・羅蘋嗎？」

但是這位翩翩的美男子，出入交際場中，誰都知道他是琪宏，我怎敢洩漏他的秘密呢！

五　稻草人

下午四點鐘光景，老農夫柯塞特跟他四個兒子打獵返家。

他們父子五人，身材魁梧，模樣都有點相像；他們的皮膚受盡了雨打日曬，十分黝黑，有似煤塊，還帶著重疊的皺紋，實在難看。

五個人走到田莊的門前，老柯塞特掏出鑰匙，開了門，讓四個兒子先進去，他自己走最後一個。

他一進門，十分鄭重的又把門鎖上，鑰匙收在衣袋裡。

裡面是一堵圍牆，繞著一片園圃，園圃中間有一所古屋，那是柯塞特一家的住宅。住宅後面，跟小村接連。這時夕陽西下，教堂的尖頂上還帶著一線金黃的餘光。

園圃中的果樹，枝葉凋落，空疏疏的；滿地野草憔悴枯黃，現出一片深秋的景象。

柯塞特走到園圃中，問四個兒子說：「你們把槍中的彈藥全拿出了嗎？」

「已經拿出了。」第三個兒子答。

「沒有。」大兒子說：「方才我想打鳥，曾裝了彈藥進去。」接著又說：「忙了半天，我正餓了，希望母親已預備好晚飯等著。」

「傻瓜！」老柯塞特說：「看哪！我家屋頂的煙囪正在炊煙裊裊呢！」

他們邊說邊走，正走到一株櫻桃樹下，抬頭一望，樹梢縛著一個稻草人，原是嚇退啄取果實的鳥類用的。

大兒子在幾個弟兄中算是頂好的槍手，他看看稻草人，便站住腳說：「看哪！我開槍打斷上邊的樹枝，看那稻草人是否仍舊能高坐在樹上。」

三個兄弟全笑著說：「好呀，你快開槍，讓我們看看你的好身手。」

大兒子舉槍瞄準樹枝，砰的一聲，樹梢的稻草人果然直跌下來，但因被別的樹枝攔住，只是四枝歪斜的掛在樹上，並沒有掉落到地面。

老柯塞特也帶著讚美的口吻說：「我兒的槍法不錯！這個稻草人從春天起，一直高踞在樹頂，幫我嚇退鳥類，保全了不少果實。如今我的果實早已變成金錢妥善藏著，它也沒有什麼用處了。我每天黃昏眺望野景的時候，這傢伙在枝頭搖搖擺擺的，總叫我嚇一大跳。——好呀！把它打了下來倒好。」

他們說說笑笑，仍舊向前走。

這時園裡十分寂靜，只有流過樹下的水槽潺潺作聲。突然一聲淒厲的呼喊從三十碼外的屋子裡傳來，使父子五人大吃一驚，接著是一連串的呼救。柯塞特一聽忙跳起來，說：「唉喲！這是你們母親的聲音啊！」

大兒子奔得最快，一面回頭喊著：「糟了，這聲音是從樓下母親的臥房裡發出來的，有強盜！也許是在隔壁的貨倉裡。」

大兒子在前跑，父子四人也緊跟在後面。

到了自家的屋前，門關著，也來不及開，大兒子便打破窗戶跳進去。只見母親躺在地上，房裡放衣飾的櫥門已被打開，忙問什麼事，母親掙扎著，指著牆角的那扇門，喘息地說：「強盜！搶盜搶了我的錢，從那裡逃出去。……還來得及，你們趕快去追呀！」

正巧老柯塞特帶著另外三個兒子從窗中跳進來，聽了這話，又翻身趕出門去。

「那強盜上樓去了。」大兒子喊著。

「不對！」一個兄弟喊：「我見他先上樓，又退下來，也許現在躲在走道中。」

老柯塞特說：「快來，我們把守走道，別讓強盜從後門逃走，後面接連村莊，要是被他溜到村中，想捉他就難了。」

四個兒子在走道兩端分頭把守。這時天已入夜，走道中非常黑暗，他們仔細探望著，卻看不見什麼。

隔了一下，似乎有一個人影在那裡顫巍巍的閃動，一會兒又不見了。接著幾個人突然喊著說：「強盜！強盜！」

原來強盜躲在黑暗的通道中，見兩端有人把守，逃不出去，便趁著黑暗，靠在牆壁上等機會。

正好老柯塞特走過他的旁邊，他便狠命一推，柯塞特冷不防地受了襲擊，腳站不住，跟大兒子一撞，兩個人全倒在地上。強盜趁此趕到貨倉中，又破窗跳到外面的園圃裡。

老柯塞特掙扎站起身，仍舊跟著四個兒子緊追不捨。他一邊跑，一邊喊：「這個強盜！我們的園圃四面都有高牆圍著，他在裡面東撞西追，只要你們趕快把梯子移去，他絕逃不出去的。他自投羅網，一定可以被我們捉住。」

四個兒子一邊答應，一邊分頭在園圃裡找尋，因為天黑，看不到強盜的影子。

這時有兩個鄰人聽到聲音趕來幫忙。老柯塞特給了他們各人一支槍，說：

「這萬惡的強盜，膽敢闖進人家的屋裡行劫，罪不容赦！你們如果碰見，儘管可以先下手開槍。」

他回頭又吩咐一個兒子：「你快去報警。律師的兒子有腳踏車，你去向他借來用，可以趕得快些。」

老柯塞特很快跑到貨倉裡，見他的老妻還躺在地上，忙扶著她到臥室裡，讓她躺下，又給她喝了點白蘭地，才見她神智稍定。

柯塞特問：「究竟是怎麼一回事呀？強盜是怎樣進來的？」

老婦人說：「我不知道，我正在房裡補衣服，聽得隔壁房裡有著窸窣的聲音，起先我以為是貓，並不介意，接著聲音愈來愈響，我起了疑心，於是跑出去一探究竟。誰知隔壁房間的門已經大開，我飛奔進來，見衣櫥中掛著的衣服異樣的動著，我嚇得半死，知道有人躲在衣服後……」

老柯塞特插嘴問：「這人是誰，你可認識嗎？」

她說：「怎會不認識，他就是老乞丐德納！」

柯塞特跳起來說：「德納！怪不得這幾天來，我見他老是在牆外盤桓，原來他早已不懷好意，你見了他，為什麼不喊我們呢？」

他的老妻說：「我正想呼喊，突然見他的手中已經握著一捲紙幣。」

「哎喲！」柯塞特失聲道：「可是我們藏在抽屜中的錢？」

老妻說：「正是！我忘了一切，向他撲去，想奪回那捲紙幣來。」

柯塞特說：「唉，你赤手空拳，他也許還帶著什麼武器，怎敵得過！」

老妻說：「我因為紙幣被劫，一時情急，只好跟他拼命，幸得那老乞丐也沒有帶什麼武器，跟我扭在一起，拳腳齊下，我支持不住，滾倒在地，咽喉也給他扼住，我急得喊救命，他搶走紙幣，飛也似的逃了出去。」

柯塞特說：「還好，這倒楣的老乞丐被困在我們的園圃裡，一定逃不出去的。」

他說完，又走到外面，見他的兒子們和鄰人在黑暗中閃來閃去，忙著尋覓盜蹤，柯塞特高聲喊道：「捉到了嗎？」

「沒有。」有幾個人同聲回答著：「我們找來找去，總不見強盜躲在哪裡。」

有一個兒子說：「方才我隱約瞧去，好像強盜伏在那邊，待我們走近一看，卻又不見什麼。他現在趁著天黑縱然躲得好，也溜不出園圃，我們且等天明再找吧！」

老柯塞特叱責道：「胡說，我們一放鬆，正好給他逃走的機會，現在就得趕緊捉到他。」

一位警長帶著兩名警察來到現場。

柯塞特一見，忙喊道：「警長！現在強盜正躲在園圃裡，請你吩咐弟兄們搜捕。」

按照警署的情形，總得先知道案情才可拿人，於是這位警長很有耐性的向老柯塞特盤問一切細節。

柯塞特見他辦事這樣緩慢，十分不高興，可是又不好違背警長的意思，只好勉強說了一遍。

警長聽了，臉色十分沉著，好像在思索這件案情，接著對那四個兒子逐一盤問。問完一個，便沉思一會兒，樣子很是專注。

最後下了斷語：「這園圃四周，強盜絕難脫逃，現在夜深不便追尋，暫時派警察在牆外分頭把守，待明天一早便可拿下。」

柯塞特不敢催逼，只好任他分派人們在外面把守，警長自己坐在屋裡，安安逸逸的過一宵。

柯塞特對這位貴賓怎好怠慢，取出珍藏多年的白蘭地酒，讓警長喝著解悶。警長喝了已略有醉意，但仍不曾疏忽自己的職務，每隔兩小時，便在園圃裡查看一次。

好不容易天亮了，警長立刻下令搜捕。大家七手八腳的，忙了大半天，把十三畝田地全部翻遍了，並沒有強盜的影蹤。

警長十分為難，看看四下，除了一兩棵矮矮的常綠樹以外，什麼平屋、草堆、樹叢都沒有，強盜絕無躲藏的地方。那些圍牆又十分高聳，他絕逃不出去。

警長沉吟一下，若有所悟，便對老柯塞特說：「朋友，昨晚的事，一定是你夫人眼花看錯了。」

老柯塞特反駁說：「雖然她有可能眼花看錯，但是她的頸部還有被扼的指印，你也瞧見的。」

警長說：「強盜既然逃到園圃裡，怎會突然失蹤，依法，這件案子無從成立。」

柯塞特沮喪地說：「我賣掉三頭牛，又把今年收成的燕麥和蘋果一起出售了，才積攢了這六千法郎，妥善藏在衣櫥抽屜中，這樣被劫，我不甘心！」

警長卻說：「好的，祝你好運，早日捉住強盜。」說完，帶著兩名警察便揚長而去。

柯塞特目送警方走了，便對兒子說：「目前我們的辦法，只有日夜分班把守這園圃，一步也不放鬆，那老乞丐德納終究是人，餓了想吃，渴了想喝，即使他可以趁著黑夜從躲藏處溜出來，挖些蘿蔔山薯充飢，但總得找水啊。我們牢牢把守著水池，看他能不能忍得住口渴而不出來！」

於是老柯塞特夫婦和兩個鄰人、四個兒子，輪流守在園圃裡，果真一步也不放鬆。

整整看守了兩個星期，連德納的影子也不曾看見。

柯塞特一想到那被劫的六千法郎，就十分心痛，便到鄰村去請了一位偵探來。

偵探像煞有介事的盤問一番，忙了一個星期，什麼線索都沒有，只有敬謝不敏。

這一星期中，老柯塞特仍舊不分日夜的在那裡看守。

那一天下午，老農人夫婦站立在園圃中央。柯塞特向空中高喊：「德納，你這樣躲著，總是要飢渴而死的，如果你愛惜狗命，還是趕快自己走出來的好！」

他的老妻跟著喊道：「德納，你如果出來，把六千法郎還給我們，我們絕不把你送官治罪，也不追究此事，你趕快出來吧！」

老夫婦輪流喊著，可是四周一片靜寂，並沒有回答的聲音。

這十多天裡，柯塞特寢食難安，又忙又急，終於病倒了，他在病中，還吩咐兒子們盡心看守園圃，不可放鬆。

這一帶的鄉下人，漸漸把這起劫案當作談資傳說開來，被巴黎的大報轉載，有些報館記者和偵探，竟不辭跋涉來到柯塞特家訪問。

這些人鬧哄哄的來了，全無濟於事。老柯塞特在病榻上嫌應付麻煩，索性不予招待。這些記者和偵探見老人倔強，不可理喻，只好敗興而返。

過了第四個星期，老柯塞特的病有了轉機，漸漸好了起來。

某天上午，有人搭汽車來村子，駛到柯塞特家圍牆外時，車上零件忽然出了毛病。於是那人下車，到村店中用餐，讓司機留在那裡修理。

這乘客是個四十歲左右的紳士，中等身材，衣衫整潔，面色和藹。他在店中坐定，便跟老闆說些閒話解悶。

老闆原是話匣子，見客人高興，索性把老柯塞特家的劫案原原本本說給客人聽。

客人聽完便說：「照我看來，要捉住老丐德納簡直易如反掌。」

老闆問：「先生真有辦法嗎？」

客人很有把握地說：「這種事情，我自信一定能成功的。」

老闆喜出望外，說：「先生可否稍等，我去見老柯塞特，把你介紹給他，先生可答應嗎？」

客人點頭表示許可。

老闆興沖沖的跑道柯塞特那裡，把這事告訴他。柯塞特正愁無計可施的時候，聽到有人肯幫忙，不禁歡天喜地的說：「煩你老人家趕快去請這位客人來，如果真能捉到德納，使六千法郎能失而復得，我就感激不盡了。」

老闆急忙出去，過了一會兒，和客人同來。

客人一邊走出店門，一邊吩咐正在用餐的司機說：「你趕快修好零件，我一個小時內便得動身。」

司機連聲答應，客人才跟著老闆上柯塞特家去。

消息傳得很快，立刻有許多村人擁來，看這位能夠打破悶葫蘆的客人。

柯塞特帶著客人到園圃裡，一一指點給他看：這是果圃，那是水池，那邊是荒田。客人並沒有留心諦聽，只自顧打量四下的情形。

柯塞特又取出大門上的鑰匙給客人瞧，說：「我嚴密的藏著鑰匙，強盜絕不可能開門逃出去，而且我們一家人在園圃裡整整看守了四星期，他也沒有機會逃走的。請問先生可有高見？」

客人淡淡地說：「我還沒有什麼發現。」

柯塞特接著說：「也許德納躲在什麼土窟裡，飢渴而死，連我那六千法郎的紙幣，一起跟他的屍身化成泥土了。」

客人說：「未必，他可以偷掘田中菜果充飢啊。」

柯塞特說：「但他喝不到水，是會渴死的。」

客人問：「這四星期來都不曾下過雨嗎？」

柯塞特說：「不曾。」

客人又問：「園圃中沒有什麼水源嗎？」

柯塞特指著水池說：「園中只有這個水池，我們日夜把守，他絕不可能出來偷水喝的。」

客人看看那水池十分清澈，還有一個水槽流過櫻桃樹下，水槽裡的水就是從池中流下來的。客人問：「這水槽是做什麼用的？」

柯塞特說：「我們家裡每天的飲水，就是這水槽流來的。」

客人抬起眼，向四周打量，首先看到的，便是躺在櫻桃樹枝上的稻草人，又看見一枝長草靠在樹幹上。客人拿起長草，向水槽一探，像是在測量水槽的深淺。

老柯塞特見這個客人一直幹些不要緊的事，覺得有些不耐煩，蹙起眉來。

不料客人突然現出高興的神色，喊著：「對了，我猜測得不錯。」

柯塞特聽見這話，忙問：「你有什麼線索了嗎？」

客人說：「不錯。」

「那老丐還活著嗎？」

「不錯，在五分鐘內，我就捉住他給你看。」

柯塞特高興地說：「真的嗎？」

客人說：「真的。」

這時客人的左右有柯塞特夫婦和四個兒子、店老闆，十幾個村人簇擁著，大家都有點不相信。客人便向大家說：「哪一位帶著實彈的槍，請借我一用。」

柯塞特的一個兒子說：「我有，但槍中卻是打麻雀用的鉛屑。」

客人說：「好極了。讓他吃些鉛屑，既不致命，也得了一個教訓。」一邊說，一邊接過槍，又對柯塞特說：「柯塞特先生，我有一個要求，這四星期來，老丐德納忍飢耐寒，已經夠痛苦了，我捉住了他，你可不能再為難他，這個要求你可答應？」

柯塞特說：「只要他肯把六千法郎全數奉還，我絕不為難他。」

他的妻子和兒子們也說：「我們找他的目的，原在六千法郎，他只要還了錢，我們自然肯原諒他的。」

客人說：「這六千法郎也許有交還你們的希望，柯塞特先生，你最好向天發誓，說絕不為難他，我就幫你捉出德納來。」

柯塞特果然向天立誓。

只聽客人說：「你們留心瞧呀！」

客人舉起獵槍，瞄準櫻桃樹上的稻草人，轟地一發，槍中的鉛屑四散。樹上的稻草人中了鉛屑，顫巍巍地跌到地面來，忽然站直了。

大眾正看得口呆目瞪時，客人卻走近稻草人，從容地說：「德納，你這狡猾的傢伙！」

原來那天德納搶了錢，給人追得急了，便暫時在園圃裡一躲。夜半人靜，他像幽靈似的溜了出來，找到稻草人，便用那些稻草把自己全身包好，又戴上稻草人的帽子，躺在樹上，簡直和稻草人一模一樣。

他總是趁黑夜溜下樹，尋些植物的塊莖充飢，又拿了三根空心草，連成長條，靠在樹上，下端插入水槽，上端通到嘴裡，渴了就可吸水，那客人便是見了這枝長草而識破秘密的。

老柯塞特跟四個兒子見這稻草人正是德納，便擁上前去，想飽以老拳。客人攔阻道：「且慢，我沒有把這人交給你們，你們休得胡鬧。」接著客人拿出一把小剪刀，替稻草人剪斷身上捆住的繩子和草。

最先露出來的，是德納破爛的衣褲，接著臉也露出了。——滿臉鬚髮，眼眶低陷，布滿血絲，三分像人，七分像鬼，正是老丐德納。

客人向他開玩笑說：「這一點水，只夠你做飲料；你一個月沒有洗澡，身上汙垢很多，連我的手也被弄髒了。」他便對柯塞特說：「我得到水池邊去洗一下手，這個傢伙現在交給你了。」

於是那客人很快的走了開去。

柯塞特一把抓住德納，嚷著：「老叫花子，還我錢來。」

德納掙扎著說：「你說什麼？」

柯塞特說：「我那六張一千法郎的紙幣，被你搶去的。」

德納帶著驚異的臉色說：「你向我要嗎？現在我袋裡連三個銅幣也拿不出來，什麼也沒有了。」

柯塞特喝道：「那些紙幣，你藏在哪裡，快帶我去拿！」

德納滿面驚愕的神態，說不出話來。

柯塞特父子十分生氣，喝道：「老叫花子，你別裝瘋賣傻，再不說實話，就要你的命！」

德納仍舊一聲不響。大家趕上去，把他襤褸的上衣搜遍，果然一個銅板也沒有。大家覺得很奇怪，七嘴八舌的推測這件事情。

那老闆說：「依我看來，方才那客人的樣子有點靠不住。也許他故意說汽車零件出了毛病，到我店裡小坐，找我說話，施其詭計。德納身上的六千法郎也許被那客人趁機偷走了。」

大家聽了老闆的話，都說有理，大概德納自己也沒有察覺，因此十分驚愕。

老柯塞特還不相信的說：「方才那客人給德納剪去草衣，並不見他手伸到德納衣袋中去；現在他到水池去洗手，待會兒回來，就可真相大白了。」

一個看熱鬧的人說：「客人已不見了，方才我見他洗過手後，到果圃中去散步，現在連個影子也沒見到了。」

柯塞特說：「放心，門是鎖著，他走不出去的。」

老闆插嘴說：「方才你把大門上的鑰匙給他看過呀！」

柯塞特說：「我給他看過後，又放回自己袋裡，他不曾拿去。這鑰匙也只有我一個人有呀！」

他一邊說，一邊摸著他的衣袋，突然面容失色，喊著：「唉唷！我的鑰匙呢？——快去追那客人！快去！」

他喊著，向門口飛奔過去，大家緊緊跟在後面。

他們到了門口，只聽見外面汽車的聲音已漸漸遠去，不久，聲音也聽不見了。抬頭一看，門上寫著一行紅字：

「**亞森・羅蘋**。」

大家弄得目瞪口呆，在無計可施之下，只好把老丐德納押到警署，警署對德納只好判了「擅闖民宅」的罪名，在獄中關幾個月了事。

後來老丐德納的刑期滿了，被釋出獄，就在那天接到一個字條，說某日某時某處的石碑上，放著三個金路易，是送給他的酬勞。下面簽著亞森・羅蘋的名字。

三個金路易在平常人不過區區如此，但在老丐德納，卻像得到一筆橫財了。

六 紅披肩

這天早晨，偵探甘聶瑪照例走出家門，到警署裡去辦事。

他走出門口時，看見有一個男子走在自己面前，一邊在袋裡剝著橘子吃。

這男子的行蹤十分可疑，他每走五六步，一定把橘皮掉在地上，站定一下，鬼鬼祟祟探望四周。

甘聶瑪平素絕不輕易放棄自己職務上的瑣事。他便緊緊跟隨著。

等這男子轉過街角，迎面又來了另一個男子，兩人招手為號，並肩而行；每走五六步，仍舊掉下一點橘皮來。

接著第一個男子蹲下身去，用粉筆在路旁時上寫些什麼，重新前進，甘聶瑪低頭一看，是畫一個圓圈，中間交叉著一個十字形。再走了五六丈路，第二個男子也立定俯身，在路旁石子上畫了一個內有十字的圓形。

甘聶瑪一看他們拋下的橘皮和畫的圖形，知道其中一定含有什麼意思，也許正醞釀著可怕的陰謀。

他見那兩個男子走到國家銀行前面，又站定了，在那裡竊竊私語。一個起初露出躊躇的樣子，繼而表示答應，好像下定決心，一邊又蹲下去，畫第三個圓形中的十字。

那時兩人走得很近，在香菸上點火吸菸，好像計畫已經妥當。笑聲十分響亮，不像方才那麼鬼鬼祟祟的神情了。

甘聶瑪趁他們不注意時，跟的十分接近，到了一條街上，一個突然說：「哎呀，忘了！」他急向左右看看，取出一把手槍，交給他的同伴。

另一個男子接了手槍說：「是這一帶喔？」

兩個男子看著附近的窗戶，慢慢走近，悄悄溜進屋中去。甘聶瑪也勇敢的跟了進去。

他們一直走到四樓，走進盡頭一間房裡，門便關上了。甘聶瑪把耳朵湊在門上竊聽，突然聽得屋裡有人嘶聲叫喊，又好像有人在那裡搏鬥。甘聶瑪知道事態緊急，便用腳踢開門，猛虎似的撲進去。

抬頭一看，方才路上那兩個男子相對坐在桌子兩面，態度十分安詳，一點事都沒有。

甘聶瑪進退維谷，不覺愣住了。

隔壁屋中，這時走出一個紳士來，穿著華服，年紀大約三十歲左右，看他的服裝不像是法國人，倒有點俄羅斯貴族的風度。

他很從容的走到甘聶瑪面前，說：「甘聶瑪先生，別來無恙？」又回頭對兩個男子說：「辛苦，辛苦，這裡是一點小酬勞。」

他很隨便的拋出一百法郎的紙幣去，說：「沒有事了，請便。」

那兩個男子領命退出。

紳士伸出右手，想跟甘聶瑪握手，甘聶瑪向後退了幾步，不發一語。

紳士很懇切的說：「我實在是有話想跟你談談，大概你還不認得我呢！」

甘聶瑪仍舊不動，紳士又說：「你別誤解我有什麼惡意。如果我打電話或寫信邀你，你是不肯來的，或許調了大批人馬浩浩蕩蕩的前來，總是不能夠細談，因此我吩咐那兩個人把你引到這裡，請你別見怪，不瞞你說，我就是亞森•羅蘋，我想你總記得的。」

甘聶瑪聽他這樣說，不覺咬牙切齒，痛恨不已，眼中燃燒著怒火。

羅蘋接著說：「你何必這樣生氣呢？是呀！你趕到德格拉夫人家中一看，好端端綁著的我已經插翅飛掉，自然要叫你不高興，但我肯平白犧牲性命嗎？你的不高興是沒有理由的。好的，今天我來表示我的一點謝意吧！有一個好消息要告訴你。」

甘聶瑪緊閉著嘴，想走出門去，門偏偏鎖著，他無可奈何，只好拖過一把椅子坐下，不耐煩地說：「我很忙，快說呀！」

羅蘋笑笑說：「你既然忙，何必分身到此！我預備詳細的告訴你。這樣清靜的屋子是很難得的，這裡本是馬沙納侯爵的別墅，由我承租，我自然不好用亞森・羅蘋的名義，便化名塔奇瑪，國籍是俄羅斯，職業是古董掮客。」

甘聶瑪不悅地說：「你要告訴我什麼消息，請快點說！」

羅蘋說：「是的，你很忙，那麼我就說了。要吸菸嗎？請別客氣——不要嗎？」他一邊用指頭輕輕敲著桌子，想著要如何措辭。

接著羅蘋開口說：「今天凌晨一點，塞納河邊，有一個船夫把船停在新橋下面，正想登岸，忽有一個報紙包著的東西落在船中，船夫拾起一看，裡面包著幾件有趣的東西。這船夫的朋友跟我相識，就把這些東西送到我這裡來，請你瞧瞧吧！」

羅蘋便在桌上陳列出來；皺的報紙，墨水壺，壺蓋上還綁著一根長繩，破玻璃，破盒子，還有一角紅巾的碎片，卻是絲製的高貴品。

羅蘋緩緩說道：「單這點東西還嫌不夠，如果我是那個船夫，當時可以得到更有利的證物。你是行家，看了這些東西，可以推想內幕嗎？」

「據我的猜測，昨夜九時後，十二時之前，有一個高貴的女士被人用小刀刺死，也許她不曾氣絕，那人用披肩勒著她的咽喉。殺人凶手是一個帥氣的男子，戴單眼鏡，常出入跑馬場，自己也是個騎士，常買跑馬票，有時自己的馬也加入競賽。這男子跟那女子久有情愫，好像行凶的當夜還買了糖果送到女子家裡。」

說到這裡，羅蘋頓了一下，抽著菸，又說：

「不知你的高見怎樣，且說我推論的根據，為什麼是九點以後呢？請看這報紙，是昨天的晚報，郵局總是晚上九點印的。為什麼知道他是帥氣的男子，請看這玻璃，正是眼鏡的碎片，不是愛漂亮的人，未必會戴眼鏡的。這男子曾買過糖果，因為有這破紙盒跟裡面黏著的糖漿便可證明。這紅披肩，除了趕時髦的女伶愛用之外，普通的姑娘是難得披的。男女之間究竟是怎樣的關係，自然不知道；但是無中生有，當作三角戀愛的風波，也夠有趣了，雖然事實未必如此。」

「大概男子拿小刀刺那女子，她呼喊起來，他便用她的肩巾勒住她的脖子。請看披肩一端有小刀拭血的痕跡，便可證明。凶手們是一樣的心思，不肯留下證物，他出門時才收到報紙，放在袋中，隨手掏出來包紮。這報紙是賽馬周報的臨時夜刊，可見凶手跟賽馬很有關係。那紮在報紙包上的長繩，正是馬鞭上的繩子呀！男女兩個鬥毆時，單眼鏡落下地去，打得粉碎，於是凶手把這些東西一齊拾起，裝入糖果盒中。他的手上和小刀上染著血，用女人頸上勒著的披肩拭乾，把披肩染血的部分割下來，一起包在報紙裡，為了要增加沉入河底的重量，於是又添上這大墨水壺。」

「可惜這男子的運氣欠佳，報紙並沒有掉到河底，卻落入橋畔的船裡，被我得到了。我所奇怪的就是把披肩割去這麼一塊，其餘的大概還捲在女人的頸上，好在染血的部分已去，自然不必擔憂，女人的身上定有什麼刀傷的。……」

這敘述十分有趣，甘聶瑪聽得很專注；他想插嘴問一些疑點，但覺得很不願意。羅蘋是自己的生死冤家，為什麼肯把這件事告訴他，真有點莫名其妙。

接著羅蘋又說：「甘聶瑪先生，如果你以為我在胡說，那就不談了；好在你是做偵探的，我的話究竟可靠與否，你今天就可以明白。我因有要事，得往倫敦一行，所以找尋凶手的事只好不管，想託一個可靠的人辦理。我以為辦理的人，只有你最適合，因而特地請你來此商量。」

羅蘋說完，站起身來，看著甘聶瑪，接著又說：「你今天一定要到凶案發生的地方去，我且把直覺所得到的幾點結論提供給你：這名女子是個擅長交際的女伶。那男子住在塞納河左岸，新橋相近的地方；身材高大，眼光敏銳，善於應用左手。還有桌上的東西，你不妨拿去做參考，只是這一方披肩碎片，留在這裡。如果將來你需要這披肩碎片，不妨一個月之後來拿。——約定十一月二十八日上午十時，我在這屋裡恭候。再會，一切拜託了。」

羅蘋很快地溜到鄰室中去，甘聶瑪從椅子上跳起來，直撲上前；誰知鄰室的門已上了鎖，方才自己進的門卻開了。於是甘聶瑪急奔出房，穿過通道，下了樓梯一看，好像並沒有人出去過。

那時甘聶瑪想到自己幾次跟羅蘋相對，卻每一次都讓他溜走，心裡十分難受。他很頹喪的回去，走上警署石階，自言自語的說：「方才他告訴我的，一定跟我開玩笑，未必真的有這一幕慘劇的。」

這時有一個同事見了甘聶瑪，忙招呼著：「部長在找你。」

甘聶瑪問：「他什麼時候找我？」

同事說：「三十分鐘前。部長還吩咐，若你來了，趕快到紅屋街去，那裡昨晚發生血案，聽說被殺害的是一個女伶，詳情不明。」

甘聶瑪吃了一驚，急忙趕到紅屋街，那裡住著一個很漂亮的歌劇女伶，名聲也還不錯；她搬來住在這宅中只有一個月。……

甘聶瑪一邊聽部長告訴他這些話，一邊看著那姑娘的屍體。見她正橫陳在床上，頸上捲著一條絲製的紅披肩。這一來，甘聶瑪想到羅蘋的話，不覺失聲驚呼。他走上前，輕輕地揭起披肩，看見她圓圓的肩頭上，留著不很深的刀傷和血跡。

法醫站在旁邊，開口說：「這肩頭的刀傷並不致命，她一定是被用披肩絞死的，而且可以看出，她死時做了劇烈的抵抗。」

檢察官奇怪地說：「這披肩的一端已被割去，這是什麼緣故呢？」

甘聶瑪不曾說話，檢察官又說：「也許那一端染有血跡，便被兇手移去，但是……」

甘聶瑪插嘴說：「方才搜查屋裡，可找到什麼線索沒有？」

檢察官說：「犯罪的動機倒很清楚，被害人最近曾赴俄國獻藝，在一個貴族那裡得到一塊價值連城的綠寶玉，她十分秘密地珍藏著，別人絕不知道她放在哪裡。」

甘聶瑪問：「她的女僕可知道主人藏寶的地方嗎？」

檢察官說：「我們方才嚴詢女僕，她也回答不知道；兇手是為綠寶石而來，是很合乎情理的猜想。」

甘聶瑪道：「如果這樣說來，犯罪的動機不外上面所說的，不過從這女子的職業上考察，也許還有戀愛的關係呢！」

法醫聽了，點頭表示同意，又說：「待我來檢查那女子的身體吧！」

檢察官點點頭，一邊部長和甘聶瑪又傳了女僕來問話。

據她說，主人每晚十點半從劇場回來，就忙著洗澡，在這一個月裡，每晚總有一個男子準時來拜訪她。待她洗完澡，一同到房中作喁喁情話，非到十二點鐘不止。

這男子像是一個上流社會的紳士，衣服十分講究，他每次來的時候，總是拉起外衣的領子，帽簷也拉得極低，不讓別人看見面目。他一到房裡，下人們就不許進房，主人曾經說過，這男子是來向她求婚的。

部長聽女僕這樣說，不覺失聲道：「這男子實在可疑！」

甘聶瑪問女僕：「你們雖然不清楚他的面貌，但他的身材很高嗎？」

女僕說：「是的，我雖記不清楚，但這男子絕不是低矮的人，長相也十分帥氣。」

這時法醫檢查完畢，和檢察官同到甘聶瑪等跟前，低聲說著話，還夾著一兩次笑聲。

部長最後說：「這是很可疑，我們應該不辭辛苦立刻進行。甘聶瑪，我很信任你，請你趕快查個水落石出。」

部長伸出手來，跟甘聶瑪握了握手。

甘聶瑪說：「既然部長這樣說，我一定努力抓到真凶。」說完即離開那裡。

這時甘聶瑪的心裡很不安寧：羅蘋說的話居然和事實絲毫不差，怎不奇怪！他已忘記羅蘋是自己的宿仇，又急匆匆地趕到今早所去的地方，想再多得些資料。屋裡早已沒有羅蘋的影蹤，只有桌上還雜亂地陳列著報紙、破盒等東西，甘聶瑪毫不客氣地拿了放在袋裡。

羅蘋方才告訴他的幾點心得，還牢牢地記在他的心頭，他便走了出來，茫然的在路上走，口中喃喃說道：「塞納河左岸新橋附近……」

甘聶瑪走到這地方，見了一家糖果店，便走進店門，找老闆說話，一邊拿出破的盒子，問：「這是你店中所賣的糖果嗎？」

「不錯！」老闆看了一眼，點點頭說。

甘聶瑪說：「昨夜九、十點鐘光景，有一個男子來買一盒糖果，你可記得嗎？」

老闆說：「有的，我還記得他買什麼糖果。」

甘聶瑪又問：「你可記得這人的面目嗎？」

老闆說：「不，他衣領高聳，我看不清楚，只記得是個戴單眼鏡的體面紳士。」

甘聶瑪失聲說：「單眼鏡嗎？……對不起得很！」

甘聶瑪回身想走，忽然轉了個念頭，又問：「請教這裡販售報紙的店在什麼地方？」

老闆說：「我不知道你是指什麼報紙，但左邊街角，郵局的隔壁，正有一家販售報紙的店呢！」

甘聶瑪向他道謝後，立刻趕到那家販售報紙的店中，預備調查附近可有誰是購買賽馬周報的。打聽的結果，知道賽馬周報是由報社直接寄給讀者的。於是甘聶瑪不辭辛勞，又趕到賽馬周報社要求調查訂戶名單，看塞納河左岸新橋附近的是哪幾個。

翻查一下，共有七個人，他一一記入冊中，便回到警署，派七個部下，各自前去探訪一個人，追究那人平日的任務和昨夜的行動。

晚上七時半，七個部下帶著探訪的結果陸續回來。綜合他們的報告，那幾個賽馬周報的訂戶中，有騎兵少佐，銀行經理，外交官吏，只有一個名叫莫里貝的，十分可疑。

莫里貝有著「賽馬迷」的稱號，他並無正業，家裡養著三匹馬，自己做加入競賽的騎師。昨夜九點半時，他在門口，接過賽馬周報的臨時夜刊，隨手放在袋裡，並不向看門人說明去處便出門去了，直到十二點後方才回來——一切正跟羅蘋的推測吻合，這人的嫌疑不輕。

甘聶瑪喜出望外，立刻趕到部長那裡去。

部長問：「關於今天著手的案件，你可得到什麼線索沒有？」

甘聶瑪答說：「十分順利，只等去捉拿凶手了。」

部長疑道：「為什麼這件案子，線索找得這樣快呢？」

甘聶瑪經此一問，脹紅了臉，不知道怎樣回答才好，沉吟一下，只好結結巴巴的說：「我在無意中得到有力的證據。……凶手在新橋……橋上把一個紙包丟到塞納河底去，不料這個紙包輾轉到了我的手中。因此我把偵探範圍縮小了許多，很容易找出嫌犯來。」

部長連聲說：「好，好，立刻發出拘票吧！」

甘聶瑪向部長告辭，帶了幾名部下，駕著汽車，直奔新橋里街十三號莫里貝的住所。

到了門口，便向看門人打聽。看門人說：「莫里貝每天三餐都在外面吃，方才出去吃晚餐，用罷後一定回家休息一小時的。」

這時，幾個偵探在門內甬道上四散埋伏，甘聶瑪向看門人略略說了來意，也拉了他躲在一旁。

接著，一個紳士走進門來，看門人拉拉甘聶瑪的衣角。

甘聶瑪迎上前去，問道：「這位可是莫里貝先生？」

紳士答道：「不錯。……你是誰？」

甘聶瑪很簡單的說：「我是警務人員。」同時他的部下也湧了出來。

紳士一見，忙向後退了兩步，靠在牆上，握拳作勢，一邊叫著：「警察來找我做什麼？」

那紳士本來左手握著杖，卻換到右手來，左手繞到背後，身體靠著門。一個偵探喝了一聲，只見那紳士繞在背後的左手中，已握著一支手槍。

甘聶瑪想起羅蘋的話：「行凶的人善於用左手。」不覺懷著戒心。

另外一個警探見他拔出手槍，便撲了上去，於是疏落的槍聲在寂靜的街頭夜色中響起。

那晚九點鐘，幾個偵探帶著一個用繩綑綁的男子，乘著汽車，風馳電掣的奔到警署門前，這男子就是莫里貝。

甘聶瑪在極短的時間內捉得血案的凶手，聲譽雀起，甚至有人疑心這位莫里貝先生是亞森・羅蘋的化名。其中莫里貝是另外一個人，警方還打算把以前幾件無頭案都一起歸到這個人的身上。

審訊的結果，知道莫里貝是化名，真名叫諾立克，是猶太人；警方把甘聶瑪交來的證物放在諾立克的眼前，使他無從狡賴。

諾立克一口咬定，他和這些東西全無關係。警察便去搜查他的寓所，果然發現一根斷了的馬鞭，還有一柄略有血痕小刀。諾立克仍舊不肯招認。

一星期後，辯護的人又舉出有利的反證來，說慘劇發生的那夜，就是同一時刻，被告正在距離很遠的戲院中看劇，絕不可能行凶，而且有該戲院當晚的頭等門票和戲單在諾立克的袋裡。

檢察官駁道：「那天即使本人不去，門票和戲單也可輕易到手，因為這些東西可以預先準備。」

諾立克請當局到戲院裡去調查。然而戲院中人怎能記得那天的座客！就是糖果店老闆和寓所的看門人雖然出庭作證，也說記得不十分清楚。

檢察官很感棘手，對甘聶瑪說：「這案子的證據不充分，倒覺得為難了。」

甘聶瑪說：「諾立克絕對無有力的證據。第一，他在被捕的時候，開槍反抗，不是作賊心虛嗎？」

檢察官說：「據他的自辯，當時以為受暴徒攻擊，迫於自衛才開槍抵抗，但是總還是得有別的實證，諾立克家中沒有那綠寶玉嗎？」

甘聶瑪說：「不妨再去搜查一次。」

檢察官進一步問：「那紅披肩的一端在哪裡？如果犯人拿回去，那麼……」

甘聶瑪大吃一驚，勉強鎮靜的說：「這也讓我去檢查過了再說。」

但是搜遍諾立克的寓所，總不見綠寶玉的影蹤；至於那紅披肩碎片，甘聶瑪知道在羅蘋那裡，這樣倒弄得這老偵探十分不安。如果諾立克真的不是凶手，那是自己職責所在，要被輿論攻擊的體無完膚了。

十二月二十八日，是羅蘋跟甘聶瑪約定的日子。甘聶瑪一早仍舊到警署去，走進部長的辦公處，檢察官也在那裡，照例問道：「怎樣？可有新的發展？」

甘聶瑪十分難受，勉強答著：「沒有。」

檢察官說：「這案件既無實證，看來只好結案了。」

甘聶瑪忙說：「可否再延一天？」

檢察官不解地說：「為什麼再等一天呢？難道你在今天就可以找到披肩的一端嗎？那碎片上一定染著凶手的血指紋，只要找到，凶手就絕不能開脫了。」

甘聶瑪茫然說：「我在今天上午準備把披肩一端送來。」

檢察官更奇怪了，問：「今天上午？」

甘聶瑪支吾地說：「請你相信我……請你無論如何，直到正午為止。……我會不辭一切犧牲辦到……」

檢察官答應了。

甘聶瑪便從他的手中取過那段紅披肩，就是從被害女子頸間解下的一端，喃喃地說：「十二月二十八日上午十時。」接著走了出去，目的地就是一個月前羅蘋約定等候他的地方。

甘聶瑪邊走邊暗暗尋思：羅蘋這傢伙真了不得，居然料定一個月後的今天用得到那披肩碎片，還可以向他去拿。他這樣鬼鬼祟祟的，究竟葫蘆裡賣什麼藥，真猜不透。

接著，甘聶瑪用街頭電話，託同事們辦一件事，要他們在午前十點鐘之前，密派探捕，到某街角一幢四層樓舊屋處戒備，自己也在那裡，決意一拼。

甘聶瑪打完電話，把手槍藏在手槍的衣袋裡，小心翼翼地走進屋中，但是屋裡靜悄悄的沒有人跡。

甘聶瑪十分失望，自言自語說：「羅蘋雖然跟我約定日子，卻沒有見我的勇氣。」

「什麼！」背後有人喊了一聲。

甘聶瑪吃了一驚，回過身來，見有一個工人打扮的老人站在門檻上說話：「在下正是這裡工作的漆匠，現在要回去吃午飯了。」接著狂笑起來，正是亞森・羅蘋的笑聲！

他笑罷又說：「什麼，凶手不肯服罪嗎？如果弄錯了人，可要糟了！你可記得我從前叮囑你的話，把肩巾帶來沒有？」

甘聶瑪點頭說：「帶來了。還有那一段碎片，可在你那裡？」

羅蘋說：「不錯，你不妨拿去看看。」

他在懷中掏出一塊綢布，在桌上展開，甘聶瑪忙把自己帶來的披肩拿出，接在一起，斷處完全吻合。

羅蘋便說：「是了，但單靠一塊披肩，證據還不充分，你且看血痕。……這裡太暗了。……」

他走到窗前，把肩巾一端湊在玻璃窗上仔細瞧，接著說：「明明有五個指印啊！」

甘聶瑪聽見，面露喜色，想有此證據，凶手雖狡猾也百口難辯了。

那時羅蘋得了檢查結果，還補上幾句：「這血痕是左手的指印。上次我曾告訴你，凶手善用左手，你還記得嗎？」

甘聶瑪正想伸手去拿披肩，羅蘋指示他說：「等一下，我還有充分的證據給你。……總之，這是是我存心幫助你。你為我曾吃了不少虧，我又因好奇，所以藉此補償你，一切請你放心。……你帶來的那段，我還得檢查一下。」

他很親熱的拍拍甘聶瑪的肩胛，甘聶瑪便不動，讓羅蘋慢慢拿了桌上的兩段披肩，他先把原來割斷的那段納入懷中，說：

「做偵探的，最好要明察秋毫——比如這披肩兩端都垂著鬚樣的流蘇，那幾條流蘇顏色雖和肩巾一樣，質地卻不相同，可見不是買來時就有的，女士們最愛用自己的女紅手工編織流蘇一類的裝飾，尤其是女伶，往往把一些紀念品深藏在流蘇裡面。」

羅蘋說著，便把手中甘聶瑪帶來的那段肩巾慢慢地解開流蘇來，又說：「我們試試看，或者裡面藏著有趣的東西。」

他從懷中掏出有血指印的那段肩巾，給甘聶瑪說：「你解開這一段吧！」

甘聶瑪便很快的用小刀劃開那些流蘇，拆完，抬頭見羅蘋還在細心解著。甘聶瑪憤憤地說：「沒有什麼啊！」

羅蘋說：「我手裡這段不知可有什麼東西在內？」

他神色十分興奮，把流蘇上的細線一根根的解開。

甘聶瑪見他突然面露笑容，右手的食指和拇指間夾著一顆光華燁燁的綠玉，口裡喃喃說：「綠寶玉……真是稀世之珍！」

甘聶瑪伸手去拿，說時遲，那時快，羅蘋已走到鄰室門口。

甘聶瑪忙喝道：「還我！」

羅蘋便將手中的那段肩巾向甘聶瑪身邊擲去。甘聶瑪又喝道：「不對！綠寶玉！」

「你在胡說什麼！」

「快還我，否則……」

羅蘋忙問：「否則怎樣？」

甘聶瑪順口說：「你就是那兇手，害死了那女人，再……」

羅蘋說：「你辛苦了一個月，快拿兩段披肩去，憑著指紋叫兇手無從狡賴。勞你駕！再會！」

甘聶瑪一看仇敵當前，除了跟他拚個你死我活之外，簡直沒有其他法子；然而看這屋裡，一定有秘密的出路，羅蘋很容易溜走，不如自己先趕到外面，招呼警察包圍這屋子。

甘聶瑪主意一定，便走到門口，手握著門把，誰知道門把像生根似的轉不開。

羅蘋見了他的窘態，不禁笑道：「你別想出去，門早已鎖住了。」

甘聶瑪自知身陷重圍，立刻掏出手槍，瞄準羅蘋喝道：「舉手投降！」

羅蘋仍舊笑說：「這是兒戲，還是舉手投降吧！」

甘聶瑪喝道：「別出聲，我要開槍了！」

羅蘋從容地說：「沒有用，槍裡不會發出子彈來的。」

甘聶瑪吃了一驚，忙問：「為什麼？」

羅蘋說：「我事前早有安排，收買了你家的女僕，在今早把你槍中的火藥浸溼了——你開槍吧！」說著，他敞開雙臂，湊到槍前去。

甘聶瑪想不到遭人暗算，又驚又恨，不覺得倒退了兩三步，拋下手槍，赤手空拳直撲羅蘋，於是兩個人扭打起來，滾作一團。

甘聶瑪雖然富有臂力，究竟不是羅蘋的對手，一交手勝負已決，羅蘋的腳抵住甘聶瑪的身體，又把他的拳頭勒到背後，甘聶瑪再也沒有抵抗能力。

只聽得羅蘋說道：「安分些吧！我對你總算有恩惠了，想捉我嗎，請你死心吧。對不起，失陪了！」

羅蘋走過甘聶瑪身邊，想要到門邊去。甘聶瑪情急，又直跳起來向前攔阻，羅蘋突然用頭撞去，甘聶瑪受不住，便沉重的倒在地板上。

羅蘋握著門柄，向左右各旋動三次，門開了，人影也不見了，只有外面通道上傳來一陣狂笑聲。

甘聶瑪掙扎了幾分鐘，站起身來，向四處打量一下，見門未開著，便撢去身上灰塵，急急趕到外面。

門上正站著一個警察，看見甘聶瑪，便給他一封信，說：「方才一個工匠模樣的人，託我把這封信交給長官，大概你就是長官吧！」

甘聶瑪急忙拆信來讀：

為我區區，使警署諸君勞駕，很是抱歉。

方才我對你也覺失禮，想你不會因此負傷的。至於你手槍中火藥浸溼，完全是誑騙你的話，你不妨試一下便知。尊府女僕十分忠實，勿因我的謊話而使蒙上不白之冤。

那女伶的遺物綠寶玉，照遺囑應由我保管，乞代轉告警察署長為感。

亞森・羅蘋

七　家庭悲劇

在離開煩囂的都市極遠的郊野，有一所古宅，圍繞著壯麗的圍牆，環境十分幽靜。這古宅在幾十年前，是穆梯司伯爵購置，作為退休的地方。

亞森・羅蘋繞著這古宅走了一周，回到屋子背後，這裡是他出發的地方，豐草叢中，還藏著他的電動腳踏車。

他抬頭一看，牆上鐵製的小門，由裡面嚴嚴鎖著，他喃喃地說：「這可不容易啊！」

他向牆頭看了一眼，嘴裡含著長繩，沿壁移步，走到樹林根牆壁頂接近的地方。接著，羅蘋把繩子的一端綁了石塊，看準一棵樹的橫枝上投去；繩子繞在樹上，羅蘋很強健的緣繩而上。

他輕輕地從樹上爬到牆頭，跳落在院子裡的草地上，藏身在樹叢後，打量古宅裡的情形。

冬天午後的太陽，黯淡的光輝穿過黃葉凋零的灌木林，照著那幢古宅。對面的二樓，有扇小小的白色門，大概好久沒有人居住，看過去是一派陰沉蕭爽的氣象。

羅蘋從身邊取出望遠鏡來，注視了一會兒，便皺著眉頭，自言自語的說：

「誰願意住這種屋子！」

遠遠的鐘聲從沉寂的空氣中傳來，敲響三下。門開了，一個披著一件並不漂亮的黑大衣的女子從裡面出來。

她慢慢的向前走了幾步，好像預備對草地上的白鴿給牠們吃什麼餌食。

她停頓一會兒，又像是散步的樣子，沿著小徑向羅蘋隱身的地方走來。

羅蘋從望遠鏡中看清楚這個女子實在是一個難得的美人；她身材苗條，一對大眼睛，頭上披著濃密的金髮。可是看她的容貌，好像帶著憂鬱，不時從紅唇裡透出深深的嘆息來，她每嘆息一次，那溼潤的大眼睛便悵惘似地看著悠悠的長空。

羅蘋心碎似的凝神看著她。

女子走到離羅蘋兩百步光景的地方，忽然聽得旁邊傳來激烈的狗吠聲，趕快停住腳。她回頭一看，瞧見一條大狼狗從狗棚中直撲過來，不過那狗的頭上牽著鎖鍊，所以後腳站直，卻不能夠上前。

她退縮了一下，見牠身上帶有鎖鍊，稍微安下心，仍舊向前走去。狼狗變得更狂暴了，幾次咆嘯著前撲，都被鍊條牽絆回去，嚇得女子戰戰兢兢地一邊向前走，一邊屢屢回頭看著。

狼狗像更加生氣，狂吠一聲，用極可怕的姿勢向前跳躍，露出尖利的牙齒，在後面追趕，女子慘厲的呼救著，狼狗快撲到她的裙邊了。

突然砰的一下手槍聲，女子倒在草地上，那狼狗直跌出去，落到一丈多外地方。女子定了定神，發覺自己沒有受傷，慢慢地站起身來，她的身邊卻站著一個素不相識的男人。

她說：「原來是你，真謝謝你！救我脫離可怕的狼狗。」

羅蘋忙藏起手槍，脫帽行禮，說：「沒什麼，小姐，我是特奇馬。現在我有一點事要向妳打聽打聽。」

他邊說邊走，行近死狗身旁，把牠頸上鍊條的斷處查看一下，點頭說：「對了，正是這樣。」

他又對女子鄭重地說：「我要警告小姐，照這個情形，妳十分危險，應該特別留心。我到妳家中來的事，千萬不可向誰說起！還有，現在聽到了槍聲，有人會趕到這裡來嗎？」

女子很有把握的說：「不會的。」

羅蘋問：「妳父親今天在家嗎？」

女子說：「父親的房間在住宅的那一邊，他臥病在床已有好幾個月了。」

「宅中還有什麼男女僕人嗎？」

「有的，他們都在那邊做事，誰也不會到這裡來，你且放心，到這裡散步的，只有我一個人。」

羅蘋又問：「那麼我們在這裡略談片刻，不要緊吧？」羅蘋慢慢向女子走近，低聲說：「四天之前，有一位叫穆梯司·艾伊的小姐……」

「那就是我呀！」女子微笑著說。

羅蘋接著說：「這位穆梯司·艾伊寫信給凡爾賽一個叫克妮的女友。」

女子忙說：「信我不曾寫完就撕破了，你怎會知道呢？」

「妳撕破了，丟在宅後的小徑上。」

「不錯，我在散步的時候隨手丟在那裡的。」

「這信的紙團被人撿到，無意中又落入我的手裡。」

艾伊微顫著問：「那信你看過嗎？」

羅蘋說：「不能看嗎？這對妳有好處啊！」

艾伊露出驚異的神色說：「你說對我有好處……是什麼意思呢？」

「這樣我就可以救妳了。」

「救我什麼？」

羅蘋用敏銳的眼光看著艾伊，說：「救妳的命啊。」

女子嫣然一笑，說：「誰也不會來要我的命的。」

羅蘋說：「妳還不明白嗎！十月底的一天，妳在屋簷下看書，忽然有一片很大的屋瓦掉下來，幾乎打破妳的頭。」

「不錯，這屋子長久失修，所以瓦片常會自動掉下來呢！」

羅蘋又說：「十二月中的某一夜，妳欣賞月色，在後面的田岸上散步，不知誰向妳開槍，子彈掠過妳的耳邊。」

「那是獵人的流彈──我是這樣想的。」

「還有，上個星期日，妳在花園池塘上的小橋走過去時，堅固的木橋忽然折斷，害妳跌倒池中。幸虧那邊有樹枝，妳才從水中爬起來。」

女子勉強笑道：「正因為這些意外連續不斷，所以我才想寫信告訴我的好友克妮的。」

羅蘋說：「意外絕不會就此結束，第一次第二次幸而沒有受傷，然而到了三次四次，就不能視它為偶然，要不然會連續降到妳身上來呢！所以我特地趕來搭救你，正如妳所說，有人想要妳的性命。」

「什麼，不會吧！有誰要我的命呢？」

羅蘋拿起鏈條的一端給女子看，說：「妳看，狼狗雖然凶猛，但牠怎能掙斷鐵鍊？這斷掉的地方，分明是有人先用銳利的銼刀銼斷的啊！」

女子聽了這話後，美麗的大眼睛中閃著恐怖的光芒，全身顫抖著說：「真可怕，這種事情是誰做的？我從來沒有跟人結過怨啊！但是總有哪一個人做的。」

「自然。妳猜想是哪一個呢？」

「我不知道。」女子搖著頭說：「那麼我的父親也是遭受惡徒的暗算嗎？我父親老是害病，躲在房裡，大門不出，這一點我可有點不明白，醫師也不知道他生的是什麼病。我只看到他好像很痛苦，身體漸漸衰弱起來，有點擔心。」

羅蘋的眼裡閃著異樣的光輝，撫著女子的肩頭說：「妳不用擔心。相信我吧！我一定設法解除你們的危機。」

女子點點頭說：「你肯這樣，我自然是非常感激的。」

羅蘋說：「好的，我要問妳幾個問題，請妳老實回答我吧！」

接著羅蘋便問：「這狼狗一向是鎖著的嗎？」

女子點頭稱是。

羅蘋又問：「餵食物給狗吃的是誰？」

女子說：「是看門人。」

「看門人走近這狗時，牠不會咬他嗎？」

「宅中只有那看門人跟這狗很熟。」

「這看門人平日的態度很怪嗎？」

「並沒有。」

「那麼宅中還有什麼不明來歷的人嗎？」

「宅中的人我都熟悉，待我也很好。」

「近來宅中可有新僱進來的僕人嗎？」

女子想了想說：「沒有，最近進來的人也有三年了。」

羅蘋說：「宅中常有朋友或家庭教師之類的人出入嗎？」

「附近並沒有什麼朋友來往，家庭教師在一年前也已經辭退了。」

羅蘋又問：「可有什麼親戚來往？」

女子搖搖頭。

羅蘋再問：「你有兄弟姊妹嗎？」

女子說：「只有我一個人。」

「那麼妳母親呢？」

「她在我五歲時去世，到現在快十六年了，可憐我連她慈愛的面影都記不得了！」

「她是在宅中去世的嗎？」

「不，是在巴黎，第二年父親就買了這座古宅。」

「妳父親可知道妳常碰到意外的危險嗎？」

「不，據醫師的交代，凡是會使父親擔心的事，都別讓他知道，免得增加他老人家的病情。」

羅蘋沉思了一會兒，才對她說：「謝謝妳，我明白了，雖然只知道一點點訊息，但我已在這裡停留太久了，就此告辭吧！」

女子擔心地問：「若是看門人問起這條狗是誰殺死的呢？」

羅蘋說：「算是妳殺死的吧！」

「不行，我是沒有手槍的。」

「妳只好說有，否則外人查問起來，事情可要鬧開了。妳不妨說狗掙斷鍊條，要撲上來，在無計可施下，你只好開槍打死牠，這樣便不致引人起疑了。我到這裡來的事，妳千萬不可洩漏！」

女子怯怯地問：「你還會再來嗎？」

羅蘋說：「自然，我若不來，誰能解救妳呢？放心吧！我今晚也許會再來也說不定，請妳完全相信我。」

女子聽羅蘋的話，十分誠懇，眼光中露出真摯的神情，起了堅決的信念，說：「我相信你。」

羅蘋說：「那麼一定可以好好解決的。我去去就來，最快在今晚。再會！」

女子點點頭走了。

羅蘋目送她的背影在古屋的轉角上消失，心中暗道：「美麗的小姐，可憐她遭逢惡運，幸好有我亞森・羅蘋在旁……」

照方才艾伊小姐的話，這一帶不見得有人來往，羅蘋便沿著牆悄悄地走過去，預備把庭院各處細細地巡一下。

在轉角處，他發現一個小門，跟方才看見的一樣，旁邊鐵梗上，有赤鏽斑駁的鎖懸掛著，羅蘋取過，收入袋中，才回到樹後去。兩分鐘後，牆外的電動腳踏車撲撲作響，羅蘋已經走了。

村中的人，誰都知道這所古屋是穆梯司伯爵的住宅，也知道沙威醫師也常在這古屋中出入，他就住在村中禮拜堂的隔壁。

羅蘋趕到沙威醫師那裡，自稱特奇瑪，住在巴黎山雪露街，奉警方的特別命令，要來執行秘密任務，今天才到村上，是為了穆梯司家艾伊小姐的事，請醫師幫一點忙。

這位鄉下醫師沙威，為人古道熱腸，對艾伊小姐十分關心，聽了羅蘋的話，決然說：「好，我雖心有餘而力不足，但為著對艾伊小姐的同情心，我極願效勞。」

羅蘋和沙威醫師用餐的時候，促膝密談了好一會。天黑了，羅蘋便跟他出門，走到那恐怖的古屋門前，黑暗中只見屋裡有幾點慘淡的燈光在那裡顫動。

穆梯司伯爵的臥室，是在樓下裡面的一間。沙威醫師先進去，告訴伯爵：「現在有一個助手跟我同來，以後我不在時，我的助手來也是一樣的。」

羅蘋被喚進去，見幽怨動人的艾伊小姐正坐在她父親的床前。

她一見進來的助手是羅蘋，眼睛裡便閃著驚異的光輝，但是因為醫師的指揮，叫她退出室外去了。

伯爵勉強提起精神，看著羅蘋，他的臉上帶著苦痛的神態，眼睛火紅而充血，大概是熱度太高的緣故，嘴唇黑紫，連說話也很費力，說連心臟也作痛了。

診察完畢，伯爵很不安的問醫師病況怎樣，希望醫師的回答可以安慰他一點。提起女兒遭遇的危險，伯爵也十分痛心，說萬不得已時，只好借助警察的手，又再三說：「今後如有不測，請你幫著注意。」

伯爵究竟病體衰弱，說不上幾句話便精疲力盡，閉著眼，好像入睡的樣子。

羅蘋跟著醫師出來，在走廊上，低聲問醫師：「怎樣？依你看來，伯爵的病可有什麼奇怪的地方嗎？」

醫師反問：「你這是什麼意思？」

羅蘋說：「照我猜想，暗算小姐的人，也正打算了結伯爵的性命啊！」

醫師驚嚇得睜大眼睛說：「伯爵的毛病的確有點怪異，說是強度的神經衰弱吧，神智又這樣清楚；說是中風，又沒有症狀可循，而且腕力也不弱呢！……」

說到這裡，沙威醫師低頭想了一下，輕聲說：「也許是中毒……然而我見聞寡陋，哪一種毒藥服了會出現這樣的症狀竟想不起來。——假定伯爵是中了毒，那麼是誰下手的呢？」

兩人邊談邊走，到了樓上的會客室。

會客室隔壁是一間小餐廳，艾伊小姐坐在那裡獨自用餐。

羅蘋無意的從門隙處看見小姐的側面，她已用完餐，正端起茶杯喝了一口。

羅蘋突然跳起來，奪門而入，很快地搶去她手中的茶杯，說：「你喝什麼？」

艾伊小姐冷不防被嚇了一跳，說：「這是茶呀！」

「茶嗎？」羅蘋問：「杯中並不怎樣濃，妳喝的時候，為什麼會皺著眉呢？」

艾伊說：「味道很苦，刺著舌頭，也許是藥味，這並沒有什麼呀！」

羅蘋忙問是什麼藥，艾伊說：「就是沙威醫師開的方子，每次飯後，總是加在茶中一起喝的。」

醫師忙道：「不錯，但那藥毫無苦味，妳以前喝的時候，也是這個味道嗎？還是……」

「不，今天初次覺得苦，我的舌頭感覺也有點麻木。」艾伊小姐痛苦地說著。

醫師拿過茶杯，湊在嘴邊一嘗，立刻吐了出來，說：「唉呀！味道不對，一定發生可怕的事了。」

羅蘋拿起桌上放著的藥瓶，說：「這個藥瓶平常是放在哪裡的？」

艾伊此時說話已經十分艱難，雙手按在胸前，倒在椅中，臉上如死灰般蒼白。她發抖地說：「好可怕呀！我該如何是好呢？」

羅蘋和沙威醫師見她神色不對，忙扶她走到臥房中，把她安置在床上。

「解藥在哪裡？」羅蘋立刻問醫師。

醫師慌張地說：「你打開皮包，見一個上面貼著青色紙的瓶子就是。……找到了嗎？不錯，請你再到食堂裡去拿點開水來。」

羅蘋去拿了開水來，沙威醫師把手按住艾伊小姐的額上。

羅蘋問：「廚房在哪裡？」

「走廊向右轉，走到盡頭處便是。」醫師說，羅蘋便放下開水，走了出去。

廚房裡聚集著幾個僕人在那裡吃飯，羅蘋走進去，說是奉了醫師的命令，要檢查廚房中的餐具。檢查完，羅蘋又對廚師、看門人、男女僕役問了幾句話。再回到艾伊小姐的房中，醫師正用溫度計測量她的體溫。

羅蘋忙問：「怎樣？」

醫師說：「艾伊小姐睡著了，她不礙事，大概喝得還不到一口；如果你沒有留心到，那可糟糕了！謝謝你，兩次搭救艾伊小姐的命，待我回去把這藥液分析一下。」

羅蘋說：「顯然是有人下毒，不用分析也知道。」

「然而那人……」醫師懷疑道。

羅蘋說：「我雖不明白，然而可以斷定，那人一定熟悉宅裡情形，並潛伏在艾伊小姐身邊，趁機會下手。什麼落下屋瓦來啊，夜中開槍啊，池上的橋突然斷了啊！在狗鍊上動手腳啊！這些全是那個人下的毒手。」

醫師說：「你說罪犯就在宅中嗎？」

羅蘋點點頭說：「自然，這不問可知。」

醫師問：「那麼此人混在僕人裡面嗎？」

羅蘋沉吟道：「究竟是什麼人，現在我還不能夠判定。不過伯爵和艾伊小姐接近的人中，一定有人醞釀著可怕的陰謀。」

「到底是怎麼回事呢？」醫師很著急。

羅蘋說：「請你等著看吧！今夜我們可以藉口說伯爵病勢危險，宿在這裡，你看怎樣？好在伯爵的臥房和艾伊小姐的臥房很近，中間只空著一間房間，我們不妨就睡在這間空房裡。」

這一晚，羅蘋跟沙威醫師就在古屋裡度過。

前半夜並沒有什麼動靜。

半夜兩點鐘，羅蘋見醫師睡得很熟，就偷偷的爬起來，溜出房去。

六點鐘後，他下了電動腳踏車，走進巴黎山雪露街的寓所，打電話約了兩個部下來。三人立刻出門，一個住市政府，一個住登記處，一個住公證署。

正午十二點，三個人聚集在凱旋門外，低聲談著什麼。

傍晚六點，羅蘋騎著電動腳踏車往巴黎出發。那時夜色漸上，空氣中含著濃霧，車子風馳電掣的向前進行，羅蘋的臉上帶著愉快的表情。

他在古屋的門前下了車，飛快地跳上石階，到了艾伊小姐房中，匆匆問道：「可有什麼意外發生嗎？」

沙威醫師正坐在艾伊小姐旁邊，吃了一驚，站起來說：「喲，原來是你！……昨夜你突然失蹤，我很擔心，有什麼事發生嗎？」

羅蘋沒有回答，繼續說：「沒有什麼意外嗎？」

醫師說：「沒有，方才我看過伯爵，他的氣色很好，食慾也大增，艾伊小姐更完全恢復元氣了。」

羅蘋就說：「那麼我們可以離開這裡了。」

醫師忙問：「到哪裡去？」

艾伊小姐也問：「有什麼事發生嗎？」

兩個人茫然互看，不明白羅蘋的意思。

羅蘋問艾伊小姐：「妳不願意離開這裡嗎？」

艾伊小姐說：「我不能夠這樣啊！」

羅蘋厲聲道：「我希望妳這樣。」

艾伊垂著頭，醫師不安的四顧著。

羅蘋說：「明天早上妳就動身吧！不妨到凡爾賽的朋友那兒，耽擱一兩星期都不要緊，今夜趕緊去預備。妳也不妨對全體僕人們宣布；伯爵那裡，可由沙威醫師去說明。不只是妳，就是伯爵，為了自身的安全，最好也到其他地方暫住幾天，將來仍舊可以和你住在一起。明白嗎？請醫師好好的向伯爵解釋，這樣你總可以答應了吧！」

「既然這樣，那我也只好答應了。」艾伊聽羅蘋婉轉解釋，便點頭答應了。

羅蘋說：「那麼請妳趕快整理行李，絕不可走出房門一步。」

艾伊露出焦慮的神情說：「今夜只有我一個人住了啊。」

羅蘋說：「妳不必害怕。如果有任何危險襲擊妳，我可以立刻趕來。妳到房裡去，房門盡可鎖著，任何人叫門都不必開。我們來時，扣三下房門為號，妳便開門！」

艾伊小姐點點頭，便叫婢女進來，幫忙整理行裝。沙威醫師立刻去探視伯爵，說明這消息，羅蘋趁機吃了晚餐。

二十分鐘後，沙威醫師回到艾伊小姐的房中，對羅蘋說：「好極了，伯爵聽了我的解釋，也認為艾伊小姐應暫避為是；從他的語氣中，似乎知道自己有危險，想到什麼別墅中去住幾天。」

羅蘋跟醫師向艾伊小姐告辭退出。這時教堂的鐘聲正敲響十下，月黑雲低，尖銳的夜風吹拂著空枝樹。

兩人走了幾步，羅蘋忽然站定，「唉呀」的喊了一聲。醫生忙問有什麼事。羅蘋說：「若是我的計畫沒有錯誤，艾伊小姐今夜要被害了。」

醫師十分詫異的說：「什麼，我們不是為了這事正辛苦奔忙嗎？」

「今夜也許會有什麼人去殺害艾伊小姐。」羅蘋說得很有把握。

「那麼為什麼只留艾伊小姐一個人呢？」

「原是為此，我們兩人出外，便可以使那人趁空下手，免得為了我們，妨礙他下手的機會。我知道，除了今夜，對方絕無時間來取艾伊小姐的性命了。」

醫師說：「我們可不能坐視不救！」

「自然，我們最好分頭躲藏。讓我來安排。第一，我們的行動要十分小心，躲到艾伊小姐房中去，別讓任何人知道。你不妨先回家去，隔五分鐘再出來，留心背後，別讓人跟蹤。從這裡向左，沿圍牆走去，便有一個小門，我給你鑰匙，你可以開門直入；但是十一點鐘之前，你千萬不可進去。從那邊一直上前，爬進右端的窗，輕輕地到艾伊小姐房門前，用暗號叫她開門。——在房中要熄掉燈，千萬別做出什麼聲音，不論誰進來都不必驚動。明白了嗎？艾伊小姐那裡，請你把這些話告訴她。化妝室的窗子，今天開著嗎？」

醫師說：「我吩咐艾伊小姐開著。」

羅蘋問：「開著的就只這一扇窗嗎？」

醫師說：「不錯，這樣可以使房中空氣流通一點。」

羅蘋點點頭說：「好極了，對方一定是從這裡進來的。」

醫師忙問：「什麼人？」

「不知道是什麼人，也許是惡魔！」

醫師又問：「你呢？」

「我也從窗口進來。」

「我一個人很害怕，你得早一點來。」醫師膽怯道。

羅蘋拍拍醫師的肩說：「勇敢些！不論是什麼人或者什麼怪物出現，你應該鎮靜點；至於那惡魔的原形是什麼，我會使它顯形給你看的。」

醫師答應了，羅蘋再三的叮囑他鎮靜，不可妄自聲張，又交代他：「你不可太早喔！」

醫師很鄭重的說：「我一定照你的話去做。」

於是兩人分手。

羅蘋走到附近的坡上，居高臨下，望見穆梯司伯爵的古屋沉浸在無邊的夜色裡；樓上樓下，各處窗口，點點的燈光閃爍著。

一會兒，已到睡眠時間，屋裡窗口的燈火一個個的熄滅了。

羅蘋趕快走下坡，到昨天藏腳踏車的草堆旁，找出一條粗繩，拿在手裡，鐘聲報了十二下，他知道醫師已到艾伊小姐的房中去，便自語道：「好了，我也走吧！」

羅蘋很快的把繩子拋到樹上，矯健的爬了上去，遠處有一個黑影向這裡逼近過來。

「好傢伙，果然不出我所料！」羅蘋在枝頭暗暗高興。

雲破月來，羅蘋看清楚這個黑影是個男人，那人也看見了枝頭上的羅蘋，說時快，那時遲，砰的一聲槍響，羅蘋騎在樹上，身體倒了下來，分明是中了槍。

且說醫師遵照羅蘋的吩咐，到了艾伊小姐的房中。那個美麗的女孩渾身顫抖，兩手交叉在胸前，一見醫師，不安的成分似乎減輕了些。

醫師見她睡衣也不換，寢具還摺疊得很整齊，便對她說：「請妳上床吧，妳非得假裝睡眠的樣子不可。——化妝室的窗子開著嗎？」

「不能關嗎？」艾伊抖著聲音問。

「窗子必得開著，對方是打從那邊進來的！」

「那進來的會是什麼？」女孩雙手掩著臉，很害怕的問。

醫師說：「你靜靜休息一下吧，過一會，自然會知道的。」

艾伊小姐還很不安，說：「到底有什麼人要進來？預備對我怎樣呢？我聽你說得多可怕啊！」

醫師說：「究竟進來的是什麼人，我也不知道。幸好再過一會兒，那個特奇瑪先生要來了，妳放心睡吧！」

艾伊小姐還直說心中十分害怕，醫師又用好言安撫她說：「放心，有我們兩個人在旁邊，盡可保護你，那個特奇瑪先生，看樣子很有把握，我們不妨完全信任他，他一定能夠把事情辦好的。」

醫師輕輕的移過一把椅子來坐著，等艾伊小姐上床後，問：「電燈要關嗎？」

艾伊小姐說：「不用費心，一向是關著的。」

整個房間落入黑暗的沉寂裡，醫師跟艾伊小姐屏息不動，時間一秒秒的過去。醫師抬起頭，看著化妝室的那一面。

忽然緊張的時刻到了。醫師向艾伊小姐附耳說：「你聽到了嗎？」

「喲，有一點聲音，是什麼啊？」艾伊小姐怯怯的說著，往床上抬起身來。

醫師忙用手按在她的身上，說：「快躺下去，別抬起身來。」

在寂靜中，什麼聲音都聽得非常清楚，化妝室的窗邊，腳步聲已停止，醫師俯身到艾伊小姐旁邊說：「來了！」

腳步聲低得幾乎聽不出來，卻一步步地逼近，好像踏進臥房來了。

醫師伸出顫抖的手，握緊著手槍不敢作聲。

臥房裡十分黑暗，什麼都看不見，只覺得有一件東西，一刻一刻的逼近兩人，接著那件東西好像在床前五六步處立定。

艾伊小姐跟醫師不禁冷汗浹背，醫師的手指正要扣動扳機，但記起羅蘋的囑咐，不覺躊躇起來。

這已經是千鈞一髮的時候了，醫師的眼睛在黑暗中習慣了一點，覺得面前的確有個黑影又在移動起來，不知不覺的把手槍口對著。

在恐怖的寂靜和黑暗中，那怪魔之影已經迫近眼前，突然屋角裡起了一點細微的聲音，一道閃光劃破屋裡的黑暗。

浴著光的是一個男人，艾伊小姐幾乎失聲驚叫。她看見那個男人站在自己的床前，舉著銳利的白刃，正想向自己刺下來。這個男人不是別人，正是自己的父親，穆梯司伯爵！

同時燈光一暗，醫師閉著眼睛就放手開槍，砰的一聲，連臥房的玻璃窗也震動著。

「不許開槍！」在黑暗中有人厲聲喊著，正是羅蘋的聲音，接著一陣迫促的腳步聲在門外消失了。

這時醫師倉皇失措，站起身來，說：「特奇瑪先生，我讓他逃走了。」

「無妨，你看清楚了沒有？就讓他逃走吧！」羅蘋很鎮靜的說著。

羅蘋開了電燈，明亮的燈光裡，只見艾伊小姐頹喪的橫在床上，醫師雙手捧著頭，趴在她的身邊。羅蘋也坐到椅上，含笑說：「好了，事情已經解決，你在做什麼呢？」

醫師雙手仍舊遮著臉，喃喃地說：「伯爵！的確是伯爵！」

羅蘋說：「艾伊小姐受驚了，你照顧她一下吧！」

羅蘋便走到化妝室裡，跳出窗口，站在走廊中，望見伯爵房裡的窗開著，微弱的光線照著一張空床，房裡連人影也沒有。於是他再回到艾伊小姐的房中。

沙威醫師低聲說：「艾伊小姐像是睡著了，大概受驚過度的緣故，讓她好好休息一會吧！」

兩人走到餐室裡，羅蘋拿起桌上的玻璃杯，倒了些水喝，對醫師說：「這樣不幸的事，艾伊小姐會立刻忘掉的。」

醫師搖頭說：「未必，到底是自己的父親……」

「他不是艾伊的父親！」羅蘋便告訴醫師：「真的穆司伯爵，早在二十年前就去世了。——待我從頭告訴你。艾伊誕生的時候，她的父親因病死了，她的母親就跟丈夫的一個堂兄結婚，就是現在的伯爵。不久艾伊的母親也死了，現在的伯爵說要帶艾伊到國外去，買了這古屋，從此隱居鄉間，把艾伊小姐當作自己的女兒，人們都被他瞞過了，就連艾伊小姐自己也不知道。」

醫師問：「那麼你何以知道呢？」

「我昨天趕回巴黎，向市政府、登記處、公證署調查過，因此明白了底細。」

「就算如此，那麼他何必殺死艾伊小姐呢？」

羅蘋說：「乍看之下的確十分奇怪，但當我想到艾伊小姐今年二十一歲，正達法定繼承財產的年齡，就有了問題。如果伯爵真的中毒生病，那麼想害死伯爵和艾伊小姐，覬覦這筆財產的，一定是父女兩人極接近的親族，但這個近親，據我調查，是一個聲譽極好的老紳士，已八十多歲，絕無可疑之處，因此我開始懷疑伯爵的病。」

醫師說：「但伯爵顯然是生病。」

羅蘋說：「我並不是懷疑你的醫術，但不能行走的病人竟能越窗行刺，這一定有陰謀在內。我開頭設想：如果伯爵是裝病，那麼他是為什麼呢？我向公證署調查，立刻解決了這個疑團。艾伊小姐在下個月十五日要從公證人處繼承母親的遺產一千五百萬法郎，那時會開親族會議，伯爵因為監護人的資格也得出席，若是伯爵要得到這筆遺產，他該怎樣辦呢？」

醫師聽到這裡，只是點頭。

羅蘋接著說：「雖然那時也有留一點錢給兩個人可以自由使用的，但繼承的財產，任是監護人也不能動用，況且一旦知道這人根本不是親生的父親，彼此間一定也會生出隔膜來。」

醫師說：「但是艾伊小姐一定有辦法的。」

羅蘋搖搖頭說：「如果人心這樣容易滿足，世界上也不會有罪惡了。」

醫師說：「但艾伊小姐一時未必接收財產，仍能委託伯爵管理，他何必迫不急待的下毒手呢？」

羅蘋說：「從艾伊小姐的信中，我知道她和凡爾賽女友的哥哥訂了婚約，伯爵對此事堅持反對，但那有什麼用處，艾伊小姐一到法定年齡，辦妥繼承財產的事，就可以很體面的結婚，伯爵自會認為這是無可挽回的厄運，唯一的辦法，便是趁現在結束艾伊小姐的性命！」

醫師連連點頭說：「經你這樣一解釋，我完全明白了。」

「對啊！現在把艾伊小姐除掉，一千五百萬法郎就是伯爵自己繼承了。」

醫師說：「萬一露出破綻，那就完了！」

羅蘋說：「他十分小心，一次次使艾伊碰到危險，無非想嫁禍於人，於是假裝生病，不能行走，因為艾伊小姐常遭到危險，他很擔憂，病勢更重，人家自然更不懷疑了。不料聽說艾伊小姐明天要出門，如果今夜放她走，在十五日之前將再沒有機會下手，那不是完了嗎？所以他在今夜就斷然的來下毒手了。」

「難道他不知道我們的計畫嗎？」

「他認為我們在旁邊非常礙眼，他雖然不曉得我們的計畫，但他十分注意我們的行動。昨夜他見我們走後，還不敢立刻實行，怕有誰會回來，你就不必說了，他認為我也有除去的必要，果然夜裡他等候在我時常跳躍的牆下。」

醫師忙問：「他見了你怎樣？」

羅蘋說：「他一見我在樹上，立刻開槍，子彈恰好打中我所拋的樹枝，我便倒掛在樹上，手足垂著，裝作中槍斃命。他放心了，在住宅周圍徘徊一會兒，回到房裡，拿了刀，他不知道我跟在他後面，一步步躡足到艾伊小姐房中來。……」

他說到這裡，不禁笑了起來。

醫師說：「你為何不早點把他捉住？」

「這樣一來，非但艾伊小姐不相信，你也不會相信，我反而成了離間人家家庭的惡徒了。艾伊小姐那兒，請你慢慢告訴她，以後她可以步入幸福之途了。」

醫師點點頭，握著羅蘋的手，正色說：「全杖你的力量，暴露了這可怕的陰謀，艾伊小姐才得以獲得幸福，讓我代表她向你道謝吧！為了表示艾伊小姐與我的感激，我打算寫一封信，給警署報告你勇敢的行為和卓越的見識。你是警方頭痛的人物，這封信對你很有益處的。」

羅蘋大笑說：「好極了，那麼就請你寫信給警察廳的偵探長甘聶瑪，說巴黎山雪露街的特奇瑪，做了這樣的一件事，你肯寫這封信，不但令我感到十分快樂，甘聶瑪偵探長想來也是很歡喜的。前幾天我還受了他的囑託，破了紅披肩一案呢！」

八 結婚戒指

尤蘭抱著她的孩子，慈愛溫柔的說：「聽我的話，你祖母一向不喜歡小孩子，今天卻叫你去，你得做出好表現來，討她的歡喜。」她又回頭吩咐保姆：「在那邊晚餐之後，立刻帶他回到這裡。……老爺現在在屋裡嗎？」

保姆說：「是呀，老爺在書房裡有事。」

尤蘭靠在窗上，目送保姆牽著孩子的手走出門去，孩子照例回頭，向著樓上，對媽媽做接吻的手勢，誰知道保姆竟狠推著孩子，不讓他耽擱。

尤蘭見保姆那粗暴的樣子，吃了一驚，把頭探出窗外，看著在轉彎角上停著一輛汽車，跳下一個男子，很快走近孩子身邊。

男子向保姆使了個眼色，立刻抱起孩子，坐上汽車，汽車一溜煙的開走了。

尤蘭認識這個男子，正是她丈夫的心腹秘書龐造。

事情發生的經過不到十分鐘，尤蘭嚇得魂飛魄散，回到房裡，拿了大衣想趕出去，不料門已上鎖，再趕到會客室，門也上鎖了。

她在無可奈何中，忽然想起近些日子來，丈夫對自己的態度總是冷冰冰的，從來沒有一句好話，問他什麼話，他也愛答不答的，她不覺暗想：「難道是他……把孩子……」

她急起來，一邊用拳打著門，一邊用腳踢著門，門竟不開。

她又回到自己的房裡，連連按著鈴，連僕人的影子也不見。她更是焦急，再奔到會客室中，預備用力敲門。

門上的鑰匙孔一聲響，門突然開了，尤蘭的丈夫華立貝伯爵，帶著鋼鐵一樣的臉色站在門口，尤蘭一見，不禁打了一個寒噤。

伯爵慢慢地走近尤蘭身邊，尤蘭慌得不知所措，只好戰戰兢兢的站在那裡，聽候他的擺布。……

伯爵突然撲過去，扼住尤蘭的咽喉，喝道：「不許聲張，開口就要妳的命！」

尤蘭一副毫無抵抗的樣子，伯爵放了手，在衣袋裡取出兩條細繩，把她的四肢綁住，橫陳在沙發上。

屋裡漸暗，伯爵開了電燈，慢慢走到尤蘭的書桌旁。他想檢查她抽屜裡的書信，可是抽屜上著鎖，伯爵又從身上拿出鉤子似的鐵絲來，向鑰匙孔中一插，居然把抽屜打開了。

他一邊亂翻著書信，一邊喃喃說道：「浪費時間！未必找得到什麼證據。——沒有證據也不要緊，孩子絕不會還妳的。」

伯爵舉步想出去，正巧秘書龐造迎面進來，於是附耳低談了幾句。

尤蘭只聽得秘書說：「我遵照你的吩咐，已去關照首飾店老闆了。」

伯爵說：「母親打電話來，一定要明天正午來，就在那時候辦吧！」

尤蘭聽著，接著是鎖門聲，下樓的腳步聲。下面便是伯爵的書房。

她被縛在那裡，只好胡思亂想著。丈夫對自己已經厭倦了，正在尋找離婚的藉口，所以想要得到什麼證據。這幾天他支開家中的僕人，只留下心腹秘書和保姆幫他行事，先搶走了自己的孩子。——可憐的孩子，可惜永遠不能見面了！

她十分痛心，珠淚滾滾，為她的孩子擔心。

她掙扎著，細繩嵌入肉中，很是難受，但她念兒心切，不顧危險要去解繩子，掙扎又掙扎，居然讓她解開了第一個結，雙臂已能自由，接著腿上的束縛也解開了。

她雖然自由了，卻不知道該先做什麼，要怎麼才能逃脫出這個牢籠。

她走到窗口，看見下面有一個警察在那裡踱來踱去，她怕伯爵聽到，不敢呼救，自然更不敢從窗口跳下去。她頹喪地走到書桌前，隨手拿了幾本書翻著，想消減心中的痛苦。

突然在第三本書中落下一頁名片來，她立刻拿起名片一瞧，上面印著的姓名是「馬次琪」，還有鉛筆寫著的住址「花市總會」。

她想起曾在一次宴會中，碰到這位馬次琪先生，他還很奇妙的告訴她說：「妳如遇危急，求人幫忙時，只要隨時把這名片投寄郵箱，我一定會排除萬難趕到的。」

尤蘭看他說話時帶著熱誠的眼光，並不像是玩笑話，使她覺得可信。現在她正是需要人幫忙的時候！

她急忙拿出信封，放入名片，寫了地址花市總會，走到窗口投了下去。希望有人拾到或代寄郵箱。雖然這希望極為渺茫，但在無可奈何中，只有一試再說。

她丟下去後，又想起一件事來：這個人能不能避過伯爵和秘書的目光混進這屋裡？即使來了，要從這重門深局的屋裡救自己出去，又談何容易！

她愈想愈覺失望，昏昏沉沉地倒在沙發上欲哭無淚，只有兩耳還覺敏銳。——長夜漫漫，寒氣凜冽，寂寞的街頭，偶爾有車輛經過，送來蹄聲和輪聲，屋裡卻只有時鐘單調的聲響。

隔了一會兒，突然有腳步聲上樓，驚動了她，抬起身來，但腳步聲也沒有了。半小時後，又有腳步聲下樓，她才知道丈夫吃完東西，又回到書房中去。

她在模模糊糊中，聽時鐘敲了十二下，已到了半夜；接著是一點鐘，兩點鐘，她的意識更昏沉了，在那裡似睡非睡的。

她夢見歹徒從自己的懷抱中搶走孩子，哇的一聲哭醒過來。

突然門上的鑰匙孔中有著聲響，分明是伯爵走來，在那裡開門。她驚駭地跳起身來，打量著四周，想找尋防身的武器，可是沒有。

門開了，門口站著一個人，可是不是伯爵。

尤蘭強作鎮靜地說：「你來了？」

這是一個短小精悍的青年，像是上流社會人物，正是別來無恙的馬次琪。

他含著微笑，走近尤蘭的身旁。她不覺連連說道：「你果然來了。……」

馬次琪點點頭，說：「剛剛才接到妳的信，所以來遲了。」

尤蘭驚異道：「你居然真的接到名片了？但是深更半夜，你是如何來的呢？」

馬次琪說：「是的，畢竟我來了。」

他看見沙發上的細繩，便問：「妳可是被綁著的嗎？我想是伯爵綁的，可不是，但屋裡為什麼這樣寒冷？——哎呀！窗戶都開著。」便走過去用力把窗子關好。

尤蘭喊：「輕一點，免得給下面的人聽到。」

馬次琪說：「放心，屋裡已經沒有別的人了。」

尤蘭說：「方才……」

馬次琪說：「伯爵在一刻鐘前出去了，是到他母親那裡去。」

尤蘭問：「你何以知道呢？」

馬次琪說：「我在妳家門外窺探，看見伯爵帶了他的秘書一同出門，我就進來了。」

但是尤蘭還是很不安。「也許他就快回來了呀！」

「自然，不到三刻鐘。」馬次琪說。

尤蘭驚慌道：「三刻鐘工夫，做什麼好！我可不能夠拋棄我的孩子呀！」

馬次琪安慰她說：「等一下……」

「等一下？孩子在他的手中，也許要受他的擺布，這如何是好？」

尤蘭愈說愈焦急，慌亂得跳起來，推開馬次琪，預備奔出去。

馬次琪握著她的手，叫她坐在沙發上，對她說：「別這樣焦急，先聽我的話，現在，每一分鐘都不能輕易浪費。——你可記得，這六年中，我跟你會過四次面，第四次就是在這裡。……那次我太熱情，言語中有所冒犯，使妳不快，我自己也知道，因此很久沒來問候妳。但是我細想，那時夾在書中的名片，蒙妳保存到如今還未忘昔日之情，向我求援，可見妳還相信我。——妳別誤會，我冒險到此，絕無惡意，我決定幫妳脫離危險，赴湯蹈火在所不辭！」

尤蘭聽著他那熱情而又微顫的聲音，很受感動，她向他看了一眼，見他眼裡含著淚珠，她自己的臉上也泛著紅暈。

馬次琪又說：「放心，你不用擔憂。現在是兩點三十五分，伯爵要到三點一刻才回來，三點鐘出去還來得及，並且可以帶妳到所希望的地方去。但妳得給我一切線索才好。」

尤蘭忙問：「你要我做什麼？」

馬次琪答：「妳得坦白的回答我的問題；時間綽綽有餘，還有二十分鐘，但來不及遲疑了。」

尤蘭說：「你想知道什麼，我一定回答你。」

馬次琪便問：「妳可知道伯爵有什麼可怕的陰謀嗎？」

「沒有……」尤蘭搖搖頭。

「只有關於孩子的事情嗎？」馬次琪又問。

「不錯。」

「那麼伯爵是另有所歡，因此他們把妳看作眼中釘，想遺棄妳，是嗎？請妳告訴我，伯爵想跟那情婦結婚嗎？」

尤蘭點點頭。

馬次琪說：「我知道，伯爵的情婦沒有什麼財產，伯爵的財產早已揮霍完了，現在只靠他母親幫助他一點錢。」

尤蘭說：「孩子的名下卻有不少財產，兩個伯父的遺產都是歸孩子繼承。」

馬次琪說：「伯爵跟妳離婚，把孩子留在自己身邊，就是覬覦這些錢呀！」

尤蘭說：「我想也是如此。」

馬次琪說：「伯爵可跟妳談起過離婚的話嗎？」

尤蘭說：「他雖有表示，我自然不答應，他母親是嚴格的天主教徒，也反對無理由的離婚，因此伯爵一定要找出我有什麼醜行，好藉口跟我離婚。」

馬次琪說：「今天發生這樣的事，他一定找到什麼把柄了。」

尤蘭叫道：「有什麼把柄呢？」

馬次琪說：「伯爵早有居心，此刻把妳監禁，一邊搶走孩子，一定是……」

尤蘭澄清：「我的舉動絕無不可告人的事。」

馬次琪說：「妳且仔細想一下，這堆書信中，可有什麼不能給伯爵瞧見的嗎？」

「沒有。」她搖搖頭。

「妳近來可有跟什麼親密的男性友人往還嗎？」

「一個也沒有。」

「伯爵可向妳問過這些話嗎？」

「不曾。」

「伯爵綑綁妳的時候，可有什麼人在旁邊？」

「屋裡只有我和他。他要出去時，秘書龐造湊巧回來了。」

馬次琪很注意的問：「就是這一點嗎？」

尤蘭便提起伯爵和秘書談起什麼首飾店的話。

馬次琪問：「妳可知道是哪家首飾店？」

「這裡有兩三家首飾店，我不知道是哪一家。」

馬次琪又問：「那麼妳的首飾呢？」

「全被我丈夫賣掉了。」

「一點也不留嗎？」

她點頭稱是，接著伸出手來說：「只剩下這個戒指了。」

馬次琪看了一眼，問：「這是婚戒嗎？」

「是的……不過……」

她臉紅了，言語有點支吾，喃喃地說：「這是……但他哪裡會知道這些事呢？」

馬次琪細察那戒指，只聽得她說：「這實在不是婚戒，好久之前，我偶然疏忽，把婚戒擺在暖爐上，不知怎的不見了，我只好私鑄了這個，我丈夫並不知道。」

馬次琪問：「不見的那個戒指可刻著結婚日期嗎？」

尤蘭說：「是的，刻著十月二十三日。」

「這一個呢？」

她沉吟一下，便說：「沒刻什麼。」

馬次琪湊過去，說：「我有點明白，這戒指上……妳別瞞我呀！」

尤蘭問：「戒指是小東西，你何必這樣擔心呢？」

馬次琪說：「纖芥微物足釀大禍，時間很急迫，快說給我聽吧！」

尤蘭才說：「那時我被丈夫厭棄，又受到旁人的輕視，心中十分難過，不由得想起了往事。我在結婚前，曾受一個男子的熱愛，但沒有什麼結果就告分手，那男子現已去世，我在寂寞的境遇之下無暇考慮，便把這個人的姓名刻在婚戒上，以作為念舊之意。其實我已為人妻，不該如此，但心底的回憶怎能忘懷呢？」

她斷斷續續的說著，好像在那裡追念淡似煙雲的舊夢。

尤蘭見馬次琪沉默不語，不安起來，說：「你相信我的自白嗎？我丈夫把這事……」

馬次琪說：「也許妳的丈夫知道這事，所以想在他母親面前檢查妳的戒指，發現男子的姓名，便可藉口你不貞，跟妳離婚。」

他見她吃了一驚，忙用安慰的聲調說：「妳別擔心，戒指給我，我在正午前，一定拿一個刻著日子的戒指來，日子是十月……」

尤蘭說：「十月二十三日。但叫我如何才好？」她玉容失色，緊握著馬次琪的手。

馬次琪問：「妳害怕什麼？」

「因為這戒指很小，嵌入肉中，無論如何也拿不下，除非把手指割斷，別無他法。」尤蘭說著，用力想把戒指脫除，但是戴得很緊，始終拿不下來。

「拿不下來！」她喃喃的說，突然想起什麼，跳起身來，說：「是了！是了！」

馬次琪見她這態度，吃了一驚，看著她。

尤蘭說：「前幾天，丈夫很親密地握著我的手說：『這戒指可以拿下來給我看一看嗎？』幸而這戒指戴得很緊，拿不下來，倒掩過了我的窘態。丈夫說：『戒指已經嵌在肉裡了，這個不好，趕緊叫首飾店裡的人來把它剪斷。』他當時想立刻打電話給首飾店，被我極力阻止。唉！我怎麼會忘了這事呢？」

馬次琪睜大了眼睛說：「有這回事？」

尤蘭把臉埋在雙手裡嚶嚶啜泣。

突然時鐘噹噹噹的敲了三下。尤蘭直跳起來說：「他要回來了，快讓我逃走！他要回來了！」

她發狂似的向門口衝去。

「妳還是留在這裡好了！」馬次琪攔住她，用堅決的聲音說：「鎮靜些！如果妳現在逃走，正好答應他離婚，這是不行的，妳應該多加努力！在他母親面前，妳更要顯出坦白的態度。我在正午前一定替妳把戒指弄好，就是伯爵帶了首飾匠來，剪斷這戒指時，只要戒指上刻著結婚日期就可，請妳相信我。」

尤蘭把戴戒指的指頭在口裡咬著，很驚異的聽馬次琪說話，然後她說：「不行，現在我寧願砍斷指頭，把戒指取去。」

馬次琪搖頭說：「如果伯爵不見妳帶著戒指，他便要疑心妳了。」

他溫柔地扶著尤蘭，送她到沙發邊，她無可奈何只好仍舊躺著，任馬次琪拿起細繩，把她照樣綑綁好。

馬次琪說：「妳別聲張，我仍舊把妳綑綁在這裡。伯爵來了，妳也不用說什麼話，一切由我來替妳解決吧！」

接著，馬次琪很周到的檢視室內，不讓什麼可疑的形跡留下。

「妳不用焦急，一切的事，有我在此幫助妳。」他附耳說了這話，很快的開門出去了。

尤蘭在那裡，聽時鐘報了三點半，有一輛汽車停在門口，接著一陣粗暴的腳步聲走上樓來，伯爵便在屋裡出現。他默不作聲，上前查看尤蘭的綁縛是否依舊，又撫摸她戴戒指的手。

她覺得頭腦昏沉，意識也漸漸模糊了。

尤蘭一覺醒來，看見日高三竿，時間已經不早，她又覺得十分自由，四肢上的綑縛不知什麼時候被解去了。

她疑心戒指有什麼變動，仔細一看，原物好端端的戴在指上，要拿也拿不下來。她一邊胡亂地想著，一邊站起身來，伯爵又進來了，很冷酷的站在那裡，不作一聲。

尤蘭怯怯地說：「把我的孩子還給我！」

「孩子？」伯爵說：「他在很安全的地方，我們且放開孩子，談談妳自己的問題。要知道我跟妳談話，也只有今天一次，待會兒在母親前面，我把原由告訴妳，諒妳未必有什麼申辯的。」

尤蘭說：「一切隨你吧！」

伯爵問：「那麼可以請母親來了嗎？」

尤蘭說：「好的，讓我略略打扮一下。」

伯爵說：「母親已經在這裡了。」

「喲，她老人家已經來了嗎？」尤蘭驚呼失聲，突然想起馬次琪的話來。

伯爵說：「妳何必驚慌呢？」

尤蘭已知道危機緊迫，便說：「現在不行，至少得到正午，我方可……」

伯爵決然說：「不行！」

尤蘭十分絕望，哀求說：「求你晚一點吧！」

伯爵嚴厲地說：「不行，妳得聽我的話！昨夜有人冒充母親，打電話叫我去，弄得家裡沒有人看守，險些出事，真是奇怪。現在我知道不能遲疑，本來打算今天中午進行的，也得提早行事。如果妳覺得飢餓，不妨先吃點東西。」

尤蘭搖頭說：「我什麼也吃不下。」

「那麼我去請母親進來。」伯爵說罷，轉身退出，接著就偕母親一同進來坐定。伯爵的母親臉色嚴厲，下顎凸出，眼鏡戴得很低，對尤蘭說：「妳丈夫告訴了我這件事，我還不很明白，不知從哪說起。」

伯爵接口說：「我已經得到證據了。三個月前，屋裡更換地毯，僕人拾到一個戒指，不敢隱瞞，交給秘書。我一看，正是我給尤蘭的婚戒，上面還刻著結婚的日子。」

母親問：「現在尤蘭戴的戒指，是哪裡來的呢？」

伯爵說：「我的秘書龐造已經把這事調查清楚，尤蘭掉了戒指，卻瞞著我，在市區一家小首飾店裡另製了一個。據首飾店中的人說，這戒指沒有刻日期，卻刻了一個男人的名字，寫了什麼，他已經忘了，但他一見到實物，就可以辨出是自己刻的。今晨九點鐘，我叫龐造去請他來，在書房裡等候著。」

伯爵停頓一下，看著尤蘭，說：「把妳戴的戒指給我看一看。」

尤蘭說：「這戒指很緊，無論怎樣都拿不下來，你是知道的。」

伯爵說：「好在首飾店裡的人帶了工具來，叫他來剪斷吧！」

尤蘭微弱的答應了一聲，她知道無法掩飾，戒指一斷，就會發現裡面刻著的人名，自然成全伯爵母子驅逐她的藉口，從此孩子永遠不能回到自己的身邊，起訴也沒有用。

尤蘭愈想愈傷心，還是拼命奪回孩子，母子兩人逃到很遠的地方相依度日，就是貧苦總比分離好。

她正亂想時，伯爵母親很嚴厲的對她說：「尤蘭，妳太不知自愛了！」

尤蘭起初想把全部事實和盤托出，但轉念一想，這有什麼用，反正母親總不相信的，所以她沉默不語。

這時伯爵帶了一個秘書和一個工匠模樣的人進來。伯爵回頭對那工匠說：「你知道做什麼是嗎？」

工匠說：「知道，我將夫人戴著的戒指取下來。」

伯爵說：「你所刻的字可記得嗎？」

工匠說：「現在我早忘了，但只要我一動手，就可以看見那幾個字了。」

尤蘭看著壁上時鐘已是十一點十分，突然，她聽得門口有人高聲說話，她的心跳得很厲害，暗想馬次琪來援救她了，但聲音漸遠，她又絕望了，只好聽憑命運擺布。

工匠汗穢的手已接觸到她的手，她畏怯地縮了縮，工匠回頭望著伯爵。

伯爵冷峻的說：「尤蘭，好好的讓他工作呀！」

工匠便執著尤蘭的手，放在桌上，拿出工具來。

尤蘭沉入絕望之淵，神經麻木，也不知道痛苦，只覺得冷冷的鋼鐵接觸在肌膚上，指上的肉壓迫著，一生的幸福就在剎那間要完了。

喀的一聲，指上的壓迫感解除，只肌膚還有點痛，工匠手中拿著一個斷成一半的戒指。

伯爵說：「快給我看，母親也可以親眼瞧瞧裡面究竟刻著什麼字，一切便可解決了！」

工匠便把戒指交給伯爵。伯爵接過，仔細看著，不覺跳起來，失聲說：「奇了！這是什麼話？」

戒指裡面明明刻著他和尤蘭結婚的日子：十月二十三日。

那時我跟亞森・羅蘋正坐在公園中的草地上，羅蘋緩緩的把這件事告訴我。

他說完了，點著紙菸，吸了一口。我聽得很神往，便問：「然後呢？」

「這便結束了，沒有什麼然後了。」

我說：「這結局太奇怪，太出人意料了，你在跟我說笑話吧！」

羅蘋說：「你可以想像得到，這樣一來，老夫人自然反對離婚，孩子仍舊交還尤蘭，後來伯爵遊蕩在外，索性不回家，母子兩人的生活很是快樂。——是呀！那孩子今年已經十六歲了。」

我問：「但是伯爵夫人的戒指到底在什麼時候掉換的，你可沒有提起啊？」

「呀，你這個人老愛打破沙鍋問到底！」羅蘋嚷著，從衣袋中拿出一個五法郎的銀幣，放在手中給我看，問我：「我手中的是什麼東西？」

我說：「五法郎的銀幣。」

羅蘋含笑，攤開手來，卻是一個十法郎的金幣。

「怎樣？首飾店工匠取下來的戒指，原刻著男人的姓名，但交到伯爵手中去的，卻是另外一隻戒指。」

我問：「這工匠是誰呢？」

羅蘋說：「不用說，就是那位馬次琪先生。他那夜曾在伯爵書房中檢閱抽屜裡的書信，發現首飾店的店名，於是他趕到店裡，花了一百法郎做賄賂，又在那邊把另一個戒指刻了日子，截斷之後帶在身邊應用。」

聽到這裡，我不禁連聲讚好，可是還有一些疑團，索性問個明白，便問：「那位馬次琪究竟是誰？」

羅蘋含笑說：「不敢當，就是在下，**亞森·羅蘋**！」

我覺得羅蘋和伯爵夫人的關係有點可疑，他為什麼留下那名片，便又問：「夫人把去世的情人名字刻在戒指上，你不會感到不快嗎？」

羅蘋無所謂的說：「反正他也已去世，有什麼好芥蒂的呢？我很滿足了。——且慢，我給你看伯爵夫人的戒指。」

他從身邊掏出一個小紙包，十分鄭重的打開，拿出一個戒指。

我看著戒指裡面所刻的名字卻是「特奇瑪」，我不說話，看著羅蘋，見他的臉上帶著一種陰暗的神色。我不禁問：「那麼，你是死過一次了。」

羅蘋悶聲道：「那時卻是不同的。」

我想羅蘋把這段情史告訴我，回憶前塵，一定有著悔意，然而我的心中還有問題想傾吐，不管是否冒昧，於是我又問：「後來你可曾會晤伯爵夫人嗎？」

羅蘋很從容的說：「我只偶爾和她在路上遇見，點頭招呼。我絕不去拜訪她，我每次看見她，心中異常難受，我實在是不幸的人呀！」

我問：「你們如今還心心相印嗎？」

羅蘋說：「我不知道，至少她總忘不了我。」

我又問：「她也感謝你嗎？」

羅蘋說：「自然，我替她奪回了寶貴的孩子。」

九　脫險

下面是亞森・羅蘋的話。

前一天，我打發自己的汽車前往魯昂等我，我在巴黎搭了火車，順道想去探望塞納河上的幾個朋友。

火車還未啟行的時候，有六、七個客人闖入我的車室中來，其中大部分是吸菸的；我很覺不耐，對於這樣的旅伴，雖然路程很短，也感煩厭，於是我把放開的外衣、報紙、鐵路指南等，一起拿了，避到隔壁的車室裡。

隔壁的車室中，只有一位女客，她一見我進去，露出不高興的樣子，身子向那位立在腳踏板上的紳士靠去。

我在旁打量著，知道這紳士是她的丈夫。那紳士也向我看了一眼，便俯身對他的妻子低聲說了幾句，他的眼裡閃動著安慰對方的光輝，臉上露著微笑。這個倒對我很有幫助。

那位女客也嫣然一笑，又用和藹的眼光向我看著；看她的樣子，大概相信我是正當人士，就是單獨和她兩個人關在六尺見方的車室中一兩小時，也無足畏懼。

那時她丈夫對她說：「親愛的，我要走了，還有別的事呢！妳別介意呀！」

他熱情的吻了她一下，匆匆走出車廂，那位女客靠在車窗上，愛嬌地做出撮脣送吻的樣子，又掏出身邊的手絹來揮著。

口笛聲裡，車輪轆轆的轉動了。

車站上的職工喝止遲來的旅客，不准跳上列車，卻禁止不了，我們車室的門突然開了，跳上一個人來。那位女客站起身整理網架上的東西，跟這上來的人打了個照面，喉間發出低聲的驚呼，頹然坐倒在椅上。

我見她這個樣子，不禁愣住，心想她為什麼見了上來的客人會這樣害怕呢？

那個來客居然在列車開啟後跳上來，可見是個粗魯的傢伙，然而我打量他的容貌和態度倒也未必這樣，他的服飾很華麗，像領結手套那些細微的東西也很考究，臉上顯出精明強悍的神情。……

我突然覺得他的容貌很面熟，似乎曾經在什麼地方瞧見過。不錯，我可以確定瞧見過；至少我或是看慣了他的照片，把他的影像深嵌在腦海裡。但是我雖覺得面熟，仔細想去，總想不起來。

我把眼光移到那位女客身上，突見她花容失色，樣子十分不安，她向來客瞧了又瞧，好像很是吃驚，我倒覺得奇怪了。

那來客已在她旁邊的座位坐下，她的手袋原放在墊子上，她卻抖抖的把纖手伸出去，急忙把手袋抓住，放到身上。她這個動作逃不過我的眼睛，我和她的眼光一接觸，感到她的樣子，實在瑟縮可憐。不禁問她：「夫人，妳沒有什麼不舒服吧？我可以替妳打開車窗。」

她並不說什麼，只對我略使眼色，叫我注意那個來客。我像他的丈夫一樣，聳肩微笑，好像暗示她不必害怕，那來客並沒有特異的樣子，而且還有我在車室裡呢！這時那人的眼光，也轉向我們，仔細把打量了一會，便緊擠在一角裡，默不作聲的，也沒有任何舉動。大家沉默了一會，那女客突我們然勉強鎮定的樣子，低聲對我說：「他正在我們的車中，你可知道嗎？」

我很奇怪的問：「哪一個？」

她的聲音極微，說：「我說的是他，……的確是他呀！」

我更加不明白了，說：「妳指的是誰？」

「亞森・羅蘋。」

她怯生生的說著，恐怖的眼光注視著那個來客；真奇怪，她不把這個姓名稱呼我，卻張冠李戴移在那個人頭上。

我再次打量那人一眼，他正蜷伏著，帽子遮得很低，不知道他預備假寐一會兒呢？還是怕我們發現他是誰呢？

我輕聲的告訴那位女客：「昨天法庭上，對於羅蘋作缺席判決，處二十年徒刑。據新聞報紙上的報導，他從森特監獄脫逃後，前往土耳其過冬，如今怎敢在大庭廣眾中，公然露面呢？」

那女客提高聲音，像故意要那來客聽到似的，回答我說：「我丈夫是一個代獄官。方才車站上的稽查，親自告訴我說，羅蘋正在這列車中，他們預備搜尋出來。」

我問她：「何以見得？」

她說：「據說有人曾見他買一張到魯昂去的車票。」

我說：「既然這樣，不是很容易捉下他嗎？」

她說：「也許他在快車中，跳到我們這邊車中來躲避。……大概是這樣的。」

我說：「車掌和警察們既在列車裡逐輛搜查，絕不會讓他漏網的，也許我們到魯昂時，他早已落網了。」

她搖搖頭說：「要捉住他嗎？不，我想一定不可能，他總能設法逃走的。」

我打趣著說：「那麼祝他一路平安吧！」

她說：「他既然在這列車裡，將要幹些什麼事，你想想看呀！」

我問：「妳說的是什麼意思？」

她搖搖頭說：「誰知道他將幹些什麼事，我們寧可小心提防著。」

我看著女客的樣子，真是十分憂慮，舉動也有點不寧。我很鎮靜的安慰說：「妳放心吧！世界上的事雖往往有湊巧，但我敢說，羅蘋即使在這列車中，除了靜伏避免被拿之外，絕不敢有什麼舉動的，他哪會再惹事生非呢？」

女客聽了我的話，仍不能消除心中的疑慮，但她怕我怪她嘮叨，也閉口不說什麼了。

我原帶著當天的報紙，便展開閱讀，解除旅程中的寂寞；裡面關於羅蘋的判決書，一無新鮮的話，倒使我沉沉思睡。近來我夜中不曾眠得充足，這時在模糊中。覺得眼皮很重，頭也在那裡點動，快要垂下來。

突然那女客從我手中把報紙搶去，怨怒地說：「先生可別入睡啊！」

「不睡……我也不想入睡！」我趕忙回答她。

她說：「總得特別留心才好！」

「我正在留意。」我隨口答著，極力和睡魔掙扎，兩眼望著車窗外飛逝的風景線。

郊原綠色，天空雲影，好似很紛亂的在我眼前掠過；那恐怖的女客和假寐的男客都不留在我的心頭了，沉沉的，我果然入睡了。

我似乎在作夢，朦朦朧朧的，只覺得好像有一個叫亞森・羅蘋的人，盤踞在一個地方，呼地轉身飄到天邊去；他背上負著許多寶物，把那村屋裡的東西全部搶走，在那裡爬牆走壁似的。……

然而那個人的人影呢，突然不是羅蘋，他漸漸的向我走來，面目漸漸的清楚，影子愈化愈大，很快的跳進車裡，撲到我的胸口來。……

我一聲尖叫，一陣劇痛，不覺驚醒，突見那個同車的男人，一個膝蓋抵住我的胸口，一邊用力扼著我的咽喉。

這時候我無力掙扎，只覺得太陽穴在突然的跳動，兩眼充滿了血，視線也十分模糊，好像看見那女客驚慌的縮在一角戰慄。我的咽喉在格格作響呀，再過一分鐘，我即將被扼死了！……

那個人也覺得我受不住，便略略放鬆，一手掏出一條繩子，一端已打著活結，輕輕一套，我的雙手已經受縛。接著我全身被綑綁個結實，嘴裡也被塞了布，喊不出來。

看那人動作安詳，態度自然，他很沉著，不說一句話，確是一個精於此道的好手；然而著了道兒的，卻是我亞森・羅蘋！

我有點啼笑皆非，在這局勢下。我眼睜睜的看那惡賊搜去了我的手冊和錢袋，只好自認晦氣！

於是輪到那女客了，他並不注意她，只從地板上拾起手袋，掏出飾物錢包等驗看著。她這時嚇得神智不清，好像免得那惡賊動手似的，急忙脫下她戴的戒指，戰戰兢兢的交給他。他接過了，看了那女客一眼，她受不住便暈過去了。

那人仍舊十分冷靜的返到原坐，不再理睬我們。他點了一支紙菸，一邊吸著，一邊檢驗得到的贓物，神情很是滿意。然而我可不能滿意了。我的損失，一萬兩千法郎且慢說，手冊中還夾著一些重要的文件、圖樣、預算表、地址單、調查報告、情報人員名單、一束信札。這些我有把握可以追還，但我所頂擔心的，我以後該怎樣呢？

我那些在魯昂的朋友，都知道我叫開洛・斐拉德，而且常打趣我，說我的長相，有點像巨盜亞森・羅蘋，因此我倒不能再化裝了；況且方才既有人瞧見亞森・

羅蘋上了火車，不用說，魯昂的警務當局一定接到電報警告。他們一定帶了一隊警察，在站上等候，列車一到，定要細加檢查；行跡可疑的旅客，還免不了盤詰扣留，於是我每過一個車站，心中的不安總增加幾分。

魯昂的警察未必比巴黎的警察能幹，先前我並不擔憂。自信可以矇混過去，不料如今有了突變，我已失去自由了。

我猜想警察們定能在車中，發現亞森・羅蘋像一頭馴善的小羔羊一樣，被縛得很結實。他們對於這個俘虜，只須信手收下，好像在車站上，接受人家送來的一簍野味或一籃果蔬一樣。我既不是自由之身，也只好隨他們擺布了。

列車如飛的略過幾個小地方，向魯昂疾駛而去，到下一個停留處就是了。……我不但自慮，也替那位同車的暴客擔憂。倘若車中只有我一個俘虜，他盡可安心等列車到了魯昂，再悄悄的下去，怎奈車中還有那個女客。她此刻雖很溫順的坐在那裡，等列車一進站，她就要呼救，那暴客只好束手就擒了。

我很懷疑他為什麼不把對付我的手段來處置這個女客，自己便可遠走高飛，不怕被發覺了。

他很安心的吸著紙菸，兩眼看著窗外風景線，一陣細雨，撲到車窗上來；他便回頭，隨手拿過我的鐵路指南，翻閱了一會兒。

那女客本來還假裝暈過去，怎奈嗅到陣陣菸味，咳嗽起來，她再也不能假裝了，很怕那暴客對她動手。

我雖然很難過，但在計畫著脫身之策。……

我一看窗外，列車像醉漢似的，已到聖愛梯娜，那暴客霍地站起來，向我們走近兩步，女客發出一聲驚叫，要暈過去了。我很注意的瞧見，他把我們那面的車窗拉了下來，外面是傾盆大雨，他沒有傘，也沒有外衣，樣子好像很不高興。

他抬頭向網架上望了一眼，見了那女客的傘，便拿在手裡，又把我的外衣披在他的肩上。

這時列車正經過塞納河，他翻起褲管，靠在車門上，又拔去門栓。我想在駛得這樣快的列車上跳下去，儘管他身手矯捷，也是送死。

接著列車開進聖喀特林隧道，那人開了車門，伸出一腳，探那踏板。隧道裡漆暗如墨，他要跳下去，不是找死嗎？

突然車子速度減低，由極快的速度改成尋常的速度，一會兒又變得更慢些，我才知道，——那人也知道，這隧道中正有工人在修理，因此列車減低速度，緩緩前進。

他很從容的把另一隻腳伸到踏板上，輕輕地跳了下去，一邊還帶上了車門。他的人影在我們眼前一閃便不見了。

接著，車窗外突然明亮起來，列車已駛出隧道，進入山谷，再過一段隧道，就是魯昂了。

女客在為她失去的飾物哭泣。我以懇求的眼光與她對看，她似乎明白了，忙過來替我除去塞在嘴裡的布，又為我解去身上的綑縛。

我急忙阻止她，說：「不必，這個得讓警察看到，好知道這惡賊是怎樣打劫我們的。」

她問：「那麼可要我拉警鈴嗎？」

「太遲了，在他動手時，妳就該這樣做了。」

她說：「若是我當時拉鈴報警，也許會死在他的手下呢！先生，方才我不是告訴你，他在這列車中嗎？我因為見過他的照片，所以知道我的飾物完了！」

我說：「他們可以拿下他，追還原物的。」

她說：「怎麼可能拿下亞森·羅蘋！」

我說：「夫人，我告訴妳，這全在妳，等列車開進魯昂車站，妳站在窗口，連聲喊救，等警察和車站職工趕來，妳就把方才的事情重點告訴他們：──我怎樣受到襲擊，亞森·羅蘋怎樣逃下車去，還得說明他的樣貌，戴一頂軟帽，拿著一把傘，——是妳的東西；身穿灰色的外衣……」

「是你的東西。」她很快的說。

我忙說：「不是，我沒有外衣。」

她說：「我記得他方才上車時，不曾帶外衣。」

我說：「是他的。……除非別的客人忘在車中。——總之，這很重要，妳得說明他跳下去時穿著這件一件灰色的外衣！千萬記著。——還有，妳丈夫的職位足以引起他們的關心，妳開頭就得向他們報上自己的姓名。」

這時列車已快進站，她探身到車窗外去，我為了使她記著我的叮囑，便再高聲告訴她：「我的名字叫斐拉德，妳不妨告訴他們，說妳是認得我的，這樣可以省事些，免得耽誤偵查手續。……目前最重要的事，是捉拿亞森・羅蘋，收回妳的飾物。……我叫斐拉德，是妳丈夫的一個朋友，妳千萬切記！」

「斐拉德！我記得了。」

她回答著，列車已經進站，還沒有停住，她就向月臺呼救；有一個紳士攀上車來，接著又有幾個人上車，這真是最危險的一刻！

「亞森・羅蘋！……我們被劫……我的飾物失了……我是蘭諾特夫人，我的丈夫是一個代獄官……」女客人半喘半嚷的說：「好了，我的哥哥喬治來了，他是魯昂銀行的經理。」

她和一個剛上車的青年吻了一下，那青年和警察長打了個招呼。她又哭著說：「是的，亞森・羅蘋！……他趁這位先生睡著的時候，撲上去扼住他的咽喉……這位是我丈夫的朋友斐拉德先生。」

警長向我看了一眼，問那女客：「那個羅蘋呢？」

她說：「列車經過塞納河後，穿過隧道，速度減低，他便趁機跳下去了。」

警長問：「妳能確定那人是羅蘋嗎？」

她說：「我一見就認出他來了，聖拉西爾車站時，曾有人看見他，他戴著一頂軟帽。」

「不對。」警察長：「他戴著硬氈帽，像這位先生一樣。」他指著我的帽子。

女客說：「我親眼見他戴著軟帽，穿著一件灰色的外衣。」

「是的，穿著黑絨領的灰色外衣，電報中原是這樣說的。」警長自言自語的說。

蘭諾特夫人高興地說：「不錯，正是黑絨領！」

我十分感謝這位好旅伴，心上的鉛塊也放下了，警察們七手八腳的給我鬆綁。

我咬著嘴脣，流出血來，暗把手帕拭著；假裝坐久了，不能站直，又因嘴中塞著帕子，所以有那血跡。

我用極微弱的聲音說：「警長先生，我知道那暴客正是亞森・羅蘋。……你快些還可捉住他，我很願意幫一點忙……」

警察長下令，把出事的那節車廂卸下，列車照常駛往哈佛。月臺上的人很多，我們經過，讓出一條路來，讓我們同到站長室去。

這時我突然想到，我逗留在這裡十分危險，萬一巴黎再來個電報，我怎能脫身；不如現在趁機溜開，找到我的汽車，遠走高飛。

可惜這一帶我很不熟悉，要我去追尋那暴客，絕無希望。於是我鼓起勇氣，在心中鼓勵自己：「好，我就冒險留在這裡玩一下倒很有趣，雖然事情毫無勝利的把握，困難也很多。」

在站長室裡，警察長向我們盤問，聽取我們的報告。我說：「先生，我的汽車正等候在站前，我想你如果願意，跟我同坐去追羅蘋，他走得不遠呢？」

「好主意！」警長微笑說：「這好主意我早施行了。」

「哦，怎樣？」我忙問他。

警長說：「沒多久之前，我已派了兩個部下追蹤下去了。」

我禁不住問：「向哪裡追去？」

「自然到隧道口。他們到了那裡，找到羅蘋逃走的方向，正在緊緊追去。」

我聳聳肩說：「你那兩個部下怕要徒勞往返了。」

「為什麼呢？」

「羅蘋用心周詳，絕不會在隧道口留下逃走的形跡，他會抄附近的小路走的。」

「他從那邊敢到魯昂來，絕逃不過我們的耳目。」警長很有把握的說。

我說：「他怎肯自投羅網，到魯昂來！」

警長說：「那麼他伏在鄰近的什麼地方，這更好了。」

我說：「我知道他絕不會躲在鄰近的地方。」

我拿出懷表來看了一眼，又說：「此刻亞森・羅蘋正盤桓在大南脫車站上，二十二分鐘以前，就是十點五十分鐘時，他在腦特車站，搭了魯昂開去的列車，前往安密杏了。」

「何以見得呢？」

「這很容易，方才那暴客在車中翻閱我的鐵路指南，依我的推想，他在看下車的地方可有什麼支路；支路上可有什麼車站；列車在這車站上可會停留。我剛看那鐵路指南，因此猜到他的去向了。」

警察長看著我說：「先生的推想本領很不錯，可見也是專家了。」

他的眼光露出詫異的神色，大概對我也懷疑起來了。我雖力持鎮靜，然而心裡不免陡地一驚，知道自己賣弄聰明，要露出馬腳來了。幸而各方面關於羅蘋的照片都不相同，**他絕看不出站在這裡的，正是羅蘋本人**，然而這位警長已有一點不安定的樣子。

默然片刻，我竭力按捺我緊張的情緒，勉強帶著笑說：「我損失了手冊和銀錢，心中一急，思想不覺變得敏銳了。我以為你老人家肯派兩個部下助我，我也許可以……」

「警長先生，請你答應斐拉德的要求吧！」蘭諾特夫人插口說。

蘭諾特夫人是一位官員的家眷，從她的口中說出我是斐拉德的名字來，形勢瞬間改變，警察長的疑團也立時冰釋。他當即說：「斐拉德先生，我急於拿住羅蘋，正和你一樣；我答應你，並且預祝你成功。」

警察長把他兩個部下介紹給我：一個名叫馬索，一個名叫狄立夫。他們跟我到站外我的汽車旁，在後面坐定，我在司機旁坐下。汔車司機扳動駕駛盤，魯昂車站慢慢的落在我們的後面。——天啊！我已經脫險了。

我恢復了自由之身，駕著這輛三十五匹的好汽車，沿著這諾曼舊城的散步場，飛馳前進，我不由得驕傲起來。

車上的引擎聲，我聽來好似和諧的音樂。我目送兩旁的樹木一一飛奔落後，十分快樂；我居然和兩位代表法律的警官通力合作，**以亞森・羅蘋去追蹤亞森・羅蘋，這不是很有趣嗎？**

這兩位警官一向是維持社會秩序的忠僕，但現在對於我的幫忙，覺得十分得力。汽車經過許多岔路時，幸虧有他們誠懇的指示，我才不致迷失，否則那暴徒早已逃出我的掌握了。

我雖已出發，自己的事還多著很呢！第一，我當然要捉住那暴徒，給他應有的懲罰；第二，我得收回那些被劫的文件。這些文件，不要說不能給那兩位警察拿去，甚至給他們看見，對我也很不利，因此我決定，一邊要靠這兩位幫助，一邊自己也得單獨去做，兩者不可兼得，我很覺為難呢！

我們到大南特車站遲了三分鐘，列車已經開出；車站上的人告訴我們，果真有一個穿黑絨領灰色外衣的人，買了一張到安密杏的二等票上車。

我自覺很高明，因為我的推想準確，第一次做偵探就不致失敗了，那時狄立夫告訴我：「這一班是快車，只要十九分鐘，在到達孟德洛利蒲雪之前，是不停留的；我們如不能超出羅蘋，先趕到蒲雪車站，那麼他就可安抵安密杏，轉往格來爾，前往巴黎去了。」

「這裡到孟德洛利有多少路？」

「十四哩半。」狄立夫說。

「十九分鐘，趕十四哩半的路！我們是來得及的！」我說。

於是我們開始追逐。我的汽車原是上好的，這回好像知道我的心事一般，風馳電掣的前進，幫我捉拿那真正的暴徒「亞森・羅蘋」。

我們的車子好像在地面上飛跳而過，路旁記里數的石塊，像膽怯的小動物，一見我們接近，就向後逃去。

狄立夫在那裡連聲的喊著，吩咐司機：

「向右！……向左！……向前進！」

我們的汽車趕到路角，看見一縷濃煙，北來的快車也到了。最後的半哩間，汽車跟火車並行賽跑，好像誰也不肯放鬆，究竟汽車得到勝利，超過幾百碼路。三秒鐘間，我們趕到月臺上，在第二等車前停下。

車門開了，走下幾個人，並不見那個暴客在內。我們奔進車中去搜尋，也不見他的蹤影。我失聲說：「一定是方才我們和火車並行時，被他看見我在汽車中，所以在列車未停時，就跳車下去了。」

那個車掌證實我的話，說列車離站兩百碼外，見有一個人跳車下去，落在軌道邊上。他一邊說，一邊向前看，突然喊著：

「看呀！他正在那邊，……在那交軌的地方。」

我無暇說話，立前向那邊飛奔過去，兩個警官緊跟在我的背後。

馬索是長跑的好手，他立刻超過我，不到幾秒鐘，和那個暴徒很近了。馬索瞧見那暴客跳過一帶矮籬，奔上一片斜坡，很快的隱入一叢小樹林中。

我們趕到那邊，見馬索在林外；他怕和我們分開，孤掌難鳴，所以沒有追進去。我很高興的說：「親愛的朋友，你的主意不錯！那賊奔了一會兒，一定已疲乏了，總逃不出我們的掌握了吧！」

我很怕那賊身邊的文件落到兩位警官手裡，平地又生風波，所以我一邊查看樹林的邊線，一邊暗暗尋思，怎樣單獨進林捉拿那賊。

我情急智生，立刻有了主意，便對兩位警官說：「我們很容易捉住他，聽我說：馬索，你守在左面；狄立夫，你守在右面。你們守在那裡，便可望見樹林後部，我守在出口上，那賊絕不能逃過我們的視線飛去的。如果他躲在林裡不出來，我可以一步步的逼近去，逼他不退到左邊，就是右邊，終要被你們拿住的，你們只要很注意的守著好了。——我還忘記告訴你們，我在林裡，如有警號，放槍一響為號，你們就趕進樹林來。」

我吩咐完畢，目送馬索和狄立夫分頭向兩邊走遠，我自己才很當心的躡進林裡去。

林裡枝幹交加，四面都是狹窄的小徑，好像綠葉蓋成的小通道，只能夠彎腰穿越。在一條小徑的盡頭，是一片溼草地，正留著一個個明顯的腳印。我在樹叢裡，借著枝幹遮蔽，悄悄地跟著腳印前進。

接著，我到了一個小丘腳下，丘上有一座泥灰的小木屋，我知道，這小木屋正可做守望所，那賊一定是躲在裡面。

我走進屋子，聽得「瑟」的一響，知道他正藏在這裡。我忙躲在樹後，偷眼向前看去，正看見那賊的背部。

說時遲，那時快，我一箭步竄出樹後，撲上他的背；那賊受了這突來的襲擊，想把手中握著的槍，回轉來對著我，已經來不及。我把他推倒，仰躺在地上，將他的兩臂屈壓在他身下，又用一個膝蓋抵住他的胸口，使他動彈不得。

我向他附耳說：「朋友，不瞞你說，我就是亞森•羅蘋，快把我的手冊和那女客的手袋交給我，我便使你逃出警察的手，還收容你做夥伴。你答應嗎？」

「遵命。」那賊低聲說。

我點頭說：「好的，你今天早上的計畫不錯，我們交個朋友吧！」

我說著，便放鬆了他，立起身來。誰知那賊一跳起，從身邊放出一把快刀，向我胸口刺來。

我很快的一手擋開那刀，一手握拳，直擊他的頸動脈，這一擊原是有名的柔術，那賊受不住，便倒在地上暈過去了。

在他身上，我找到了自己的手冊，一切文件紙幣原封未動，從賊人的手冊裡，我找到一個信封，上面寫著他的名字，叫比爾思・福來。我一見這個名字，突然想起，這個比爾思・福來，曾手刃伊卜依夫人母女三人，是烏端城中謀殺案的逃犯：怪不得他上車時，我覺得有點面熟，好像先前曾經看過。

我再俯身看他的臉，果然不錯。那時我不敢怠慢忙拿起兩張一百法郎，放在信封中，還附著一紙，寫著：「亞森・羅蘋留致兩位得力助手馬索與狄立夫二君，以表謝意，敬請笑納。」

我把信放在中央容易瞧見的地方，又把蘭諾特夫人的手袋放在旁邊，我老實說，手袋裡有意味的東西都給我拿了，只剩一個玳瑁梳子，一支口紅；按理這位好友救我脫身，我總該完璧歸還，可是我知道她的丈夫是一個聲譽不大好的官員，我又何必客氣呢？

我布置完畢，看那賊暈倒在地上，已有甦醒的樣子；我想，我既不願意救他，也不能治他的罪，還是交給警方，於是我沒收了他的武器，用我的手槍向空中放了一槍。

「他們兩個聽到約定的暗號，一定趕來了，讓那賊自尋生路，聽命運作主吧！」我一邊想著，飛奔出樹林，不到二十分鐘後，在交叉路口，找到我的汽車。

我怕我的底細已經在魯昂的街頭巷尾傳揚開來，便拍電報給魯昂的朋友，說因事不能去；我明知他們很失望，然而為自己的安全著想，不得不爽約。

那晚六點鐘，我抄小路回到巴黎，一看晚報，知道那個比爾思・福來終於落在警官的手裡。

次晨，法蘭西回聲報上，有一節令人注目的新聞：

「昨天亞森・羅蘋在雪蒲附近，經過一番冒險的追逐，拿獲烏端城的殺人犯比爾思・福來。該犯在巴黎與魯昂的火車中，打劫代獄官夫人蘭諾特的手袋，羅蘋已把裝有該飾物的手袋，原璧歸還蘭諾特夫人；還有兩個魯昂的警官，幫助羅蘋拿獲該凶犯，也蒙羅蘋優加犒賞云。」

十　畫中秘密

那天上午，有一個身材魁梧的漢子，匆匆跑到我的書房中，對我說：「你發電報給我，到底有什麼事情，叫我到這裡來商酌呢？」

我抬頭一看，那個人戴著一頂闊邊的帽子，穿著一件褐色的外衣，胸口掛著一條紅帶，鬚髮已經有點斑白，模樣像一個陸軍中的退伍軍官，我雖然不認識他，但是我今早拍電報給我友亞森•羅蘋，請他來此，那麼這個退伍軍官一定是羅蘋化裝的了。

我笑著對他說：「我的好友，你的手段神出鬼沒，我早已欽佩不已；如今我請你來，就是有一件神秘的事，要你給我解釋呢！」

「什麼事？」羅蘋忙問：「我是一個大忙人，時間很寶貴，如果你的事很有趣，請快告訴我，否則我要告辭了。」

我從書架上取下一幅裱框的畫給他瞧，一邊說：「兩、三個星期以前，我從對河一家舊貨店裡買回這幅畫來，這畫原十分拙劣，但樣子還精美，所以我買了回來。」

羅蘋對著那幅畫邊瞧邊說：「不錯，這幅畫是誰家園林一角的寫生，畫得十分拙劣，可是還算細密。這小小的亭子是古希臘式的，這裡又有日晷儀；那魚池旁邊，有幾座石級，那邊又有木蓋蓋著的井，又有幾個小點，好像是石墩子。——你喚我到此，就是欣賞這一幅畫嗎？」

我忙說：「且慢，你看這畫幅角上還有幾個紅字，不是『15，4，2』嗎？」

「是啊！」羅蘋點點頭。

「這幾個字，定是一八〇二年四月十五日的縮寫，那麼這幅畫已是古畫，想來畫框也是當時配的。」我很得意的說著。

羅蘋卻很冷淡地說：「這又有什麼稀罕！」

我默默地不說什麼，拿了一個望遠鏡，對準隔街的一間臥室窗口，叫羅蘋就鏡中望過去。

羅蘋仔細看了一會兒，說：「這是誰家的臥室，幾件木器，一張大床，一張小床，掛著雪白的帳子，陳設的還不錯，但跟你的畫有什麼關係啊？」

「你再向臥室的牆上看看呀！」

羅蘋再凝望了一下，失聲說：「唉喲，牆上掛的那幅畫不是跟你手頭這一幅差不多嗎？」

我很高興的說：「簡直是一樣，那角上如用紅筆寫著『15，4，2』幾個字，不是很奇怪嗎？」

羅蘋點點頭：「這果然很有趣，對面屋中住的人，你可知道嗎？」

我說：「那裡的住戶，是一個靠女紅度日的孀婦，她還有一個女兒。」

羅蘋說：「你可知道她們的姓氏？」

我說：「那孀婦名叫路易·郝爾，是大革命時代朗福將軍的後裔。」

「朗福將軍是和徐聶耳同上斷頭臺的，我可有記錯？」

「不錯。」

「據書籍中的記載，朗福將軍的私產很可觀呢！」

我一邊點頭答應他，一邊說：「昨天晚上，這裡的看門人告訴我，對面的那位孀婦，跟四月十五日那天很有關係。這話倒提醒了我。我記得在這裡住了幾年，見那孀婦平日一天到晚忙著針線，總難得出門，她的女兒在民眾學校讀書，早出晚歸，生活十分刻板，從未變更，但是，每年四月十五日那一天，他們母女倆吃過早點，十點鐘便出門去，到傍晚才回家。一年到頭，總是風雨無阻。」

羅蘋聽得很出神，說：「唔，真是這樣嗎？」

我說：「今天正是四月十五日，我請你來此，就是希望用你的智慧打破這個疑團呢！」

這時，對面那間臥房的門開了，那個年輕的孀婦跟她七、八歲的女兒走進房來，換上整潔的衣服，像是要出門的樣子。

羅蘋目送她們一出門，立刻抓了帽子，對我說：「我們跟她走吧！」

我跟著羅蘋下樓，走到街上，見那寡婦在一家麵包店裡買了兩個麵包，放在女兒提著的籃裡。我們一眼瞧去，籃裡裝的全是食物。

我和羅蘋跟著她們母女倆，轉彎抹角的走了好些路。

我那位朋友，一路上不說半句話，只有嘴脣微微動著，我怕打斷他的思緒，也不說話打擾他。

接著那孀婦牽著小女孩轉了一個彎，走向蘭諾脫街。這條街十分幽靜，兩旁都是住宅，矮牆裡面是院子，綠蔭扶疏，花草繽紛，很有鄉村風味，在這繁華的都市中另具特色。

當年美國名流富蘭克林和法國大文豪巴爾札克都曾住過這裡。這條街的後面，就是塞納河，有幾條小路可以通到河邊。

我們跟著前面的母女倆，踏上一條小路，一旁有棟繞著高牆的大屋子。過去又是一堵高牆，牆上青苔斑駁，還雜亂的嵌著許多碎玻璃，中間是一個弧形的門，顯然封閉已久。

那孀婦走到門前，掏出鑰匙，很熟悉的開了門，跟小女孩走了進去，門隨即掩上。羅蘋低聲對我說：「看她們進門去的樣子並不是遮遮掩掩的，也許沒有什麼秘密的所在吧！」

接著，有一對年邁的夫婦走到門前，掏出鑰匙來開門進去，他們身上，衣衫不完整，顯然是乞食為生的叫花子。

我見了，正十分詫異，忽聽得遠處氣笛嗚嗚，有汽車駛到這邊來；羅蘋忙拉著我，躲在牆角偷窺。

一輛新式的汽車到蘭諾脫街口戛然停止，跳下車來的，是一個少婦，還牽著一頭哈巴狗。

這少婦面容嬌豔，身上穿的衣服很是華貴，還戴著珍飾。

她到了那門前，也掏出鑰匙，開門進去了。

「好奇怪！」羅蘋也不禁失聲說：「靠女紅度日的孀婦，討飯過日子的叫花子，和漂亮華貴的富家女，今天會聚在一起，這是什麼意思呢？」

這時，又有幾個人陸續開門進去，兩個女人，瘦長身材，容貌相似，好像是姐妹。一個胖子，面容骯髒，他的打扮像是糕餅司務；一個是陸軍中的伍長，一個是穿著制服的侍者，最後一對工人夫婦，帶著四個兒子。

我對羅蘋說：「他們也許趁這明媚春光，舉行野餐吧！」

「未必。」羅蘋搖頭說：「想這野餐會的分子，有孀婦，有老叫花子，有富家女，有糕餅司務，有侍者，有陸軍伍長，又有工人，這些人絕不容易聚在一起的；如今居然在一起，一定有什麼秘密可以飽我們眼福了。」

前面的圍牆，並沒有搭腳的地方，而且很高聳，實在無法攀登上去。

羅蘋向四面看了一會，說：「我還是去找一架梯子來，從梯子上望下去吧！」

我們正在找尋梯子的時候，裡面有一個孩子提著壺開門出來，正是那工人的小兒子，上店鋪買酒去。

不到片刻，他買了酒回來，取出鑰匙開門進去。羅蘋趕快跳過去，趁他關門時，把小刀插入門上鑰匙中，門便鎖不上了。

我們等了一會，悄悄的推門進去，在一簇綠沉沉的黃楊樹後藏身。我們蹲妥了，抬頭一看，不覺十分驚詫；看那庭院的樣式，正和圖畫中完全相同。什麼希臘式的小亭啊，四個石級繞著的魚池啊，左面的古井啊，右面的日晷儀啊，甚至於幾個石墩啊，圖畫中都是分毫不差。

羅蘋一邊瞧著，一邊低聲自語：「這些人揀了四月十五日的今天聚集在這裡，做些什麼事呢？」

庭院裡綠草如茵，許多人席地坐著。那孀婦母女近旁，坐著工人夫婦和他們四個兒子；幾個石墩上，坐著老叫花子夫婦、兩姐妹、陸軍伍長、侍者、糕餅司務這些人，都在那裡吃東西。那邊富家女坐著，沒有什麼東西吃，孀婦遞過一點食物去，另外兩姐妹和別的女人也跟她攀談起來。

他們草草的用過午餐，老叫花子和糕餅司務都掏出菸斗來，預備吸菸；可惜一個沒有菸葉，一個沒有火柴，只好到希臘式小亭裡去，雙方交換些，享受吞雲吐霧的愉快；接著那些女人們也到庭中坐定，憑著她們的長舌談天說地。

我們雖然離得很遠，聽不清楚他們說的話；但看那富家女談得興高采烈的樣子，連她帶來的那頭哈巴狗，也跟著蹦跳不停。

隔了一會兒，這些人又鬧起來了。

那工人的小兒子爬到乾涸的石井中，腰間綁著一條繩子，另外三個孩子再合力把他拖出來；陸軍伍長在旁邊看得高興，上前去把那小孩子的衣服全脫去，只剩貼身內衣。

那老乞婆和姐妹倆人，在跟工人夫婦扭打，糕餅司務不甘旁觀，突然搶了伍長握著的小褲，向後便溜。伍長趕忙追上去，兩姐妹趁糕餅司務不防，又奪下那條小褲。一邊富家女帶笑帶跑的，趕著那只穿襯衫的工人的小兒子，追近黃楊樹下。

我們怕露出形跡，急忙向暗角裡鑽去；那小孩子跑得疲乏了，撲到母親的懷中躲藏。只有那孀婦始終不參加這一場胡鬧，她看大家鬧得不像樣，恐怕他們認真起來，就出來調停，大家也就罷了，仍舊到庭中就坐，默默的不作一聲，好像很沮喪的樣子。

我不禁說：「回去吧！羅蘋，我們犯不著花時間在這裡看兒戲啊！」

「不，我要看個究竟。」羅蘋說。

我們沒有用午餐，飢腸轆轆，我便溜出門去，到蘭諾脫街買了些點心，回來跟羅蘋分吃。我們整個下午又很耐心的守在那裡，直到五點鐘光景，還不見他們有什麼特異的動作。

「我們難道也陪著他們在這裡過夜嗎？還是走吧！」我又催著羅蘋。

「我們再等一會兒。」羅蘋說著。那時陸軍伍長在瞧他的手表，旁的人也在掏出時計來瞧著，好像有什麼約會一般。

接著他們的態度顯得十分沮喪，伍長拿起帽子想走；兩姐妹中有一個和糕餅司務交叉著手，畫了個十字，長跪著喃喃祈禱；那富家女拖著老乞婆，孀婦摟著她的女兒，在那裡嗚嗚哭泣。

羅蘋掉頭對我說：「走吧！」

我們爬出樹叢，溜出大門，走到蘭諾脫街一家大宅門口便站住了，那大宅正在方才那所庭院的背面。

羅蘋找到這大宅的看門人，跟他攀談幾句，才過來喚了一輛汽車，跟我同坐上去，對汽車司機說明目的地，是都林街三十四號。

都林街三十四號的最下層掛著一塊招牌，是方龍大律師事務所。我們下了汽車，羅蘋在前，我跟著他走進方龍律師的辦公室。

方龍很客氣的跟我們招呼，問有什麼事接洽。羅蘋自報姓氏，說是陸軍中退役軍官甄諾，因擬購置建造別莊的基地，見了蘭諾脫街那片空地，十分中意，知道方龍律師是該空地的經理人，所以請求說合成交。

「恐怕不見得肯出售吧！」方龍律師說著，隨手取過一幅畫，遞給羅蘋，問：「你說的蘭諾脫街口的空地，就是這一個庭院嗎？」

我們一看，不禁暗暗稱異，這一幅畫，跟我們所買的那幅，景物完全一樣！

羅蘋忙說：「正是這個庭院。」

方龍律師說：「先生有所不知，這塊空地，我們巴黎人俗稱郝南孟廣場，從前是郝南孟將軍的別莊，現在在他的子孫手裡，公約不賣給異姓的。」

羅蘋說：「風聞業主有意出賣呢！」

「絕不會的。」方龍很堅決的搖頭說：「這中間有一件很有趣的佚話，我閒暇時，常常翻閱有關這事的案卷當作消遣，覺得好像小說一樣的有趣味。」

羅蘋忙問：「這事方便透露嗎？」

方龍原是健談的人，便很高興的說：

「好的，讓我從頭道來。郝南孟將軍是忠於皇室的，那時法國大革命爆發，皇室朝不保夕。將軍在勝客門有著富麗的住宅，他的夫人和女兒寶玲，卻住在日內瓦。那一天，將軍把宅中下人完全遣散，帶了小兒子傑仕一同離開住宅，說到日內瓦去探望他的夫人，就此走了。誰知將軍沒有到日內瓦去，卻躲在蘭諾脫街的別莊中，一住三年，只有一個老女僕服侍他，外面的人誰也不明白將軍的下落。」

「某天下午，將軍正在午睡，那老女僕慌張的奔進來，喚醒將軍，說追捕的軍隊已在門外。將軍在驚惶中，還強自鎮靜，吩咐傑仕說：『你到前門去，和軍隊周旋幾分鐘，我便可從後門高飛遠走。』將軍趕到後面的院子裡，不料後門也有軍隊守著等將軍出門，正好擒住；前門的軍隊，便拿了將軍的愛子，只有十八歲的傑仕。」

「他們的結局呢？」羅蘋很注意的問。

「將軍當然是在斷頭臺上犧牲的，傑仕禁在監獄中，不曾判決。」

羅蘋又問：「你可記得將軍被擒的時間嗎？」

方龍說：「將軍被擒的那一天，就是大革命告成後第二年下個月二十六日，按國曆是四月十五日，就是今天。隔了三個月，才執行死刑的。」

「革命政府對於將軍的財產，怎樣處分？」

「議會中決定充公。但經過調查，將軍已經身無餘物，名貴的珍寶早已出售，聖吉門堡住宅也賣給了英國人，只有蘭諾脫街口那所別莊。這別莊充公後，布政委員白洛凱，因捉拿將軍有功，革命政府允許他以半價購得。後來獄中的傑仕蒙赦釋放，回到蘭諾脫街的別莊去；白洛凱自然不答應，甚至開槍恐嚇。

「傑仕十分生氣，到法庭上去控告白洛凱，結果敗訴；想用重價贖回，白洛凱也斷然拒絕。等到拿破崙復辟，在一八〇三年三月十二日，發下諭旨，斷定這別莊仍歸原主。傑仕得到這個消息，喜出望外，回到蘭諾脫街別莊中，高歌狂舞，神經受刺激過度，簡直瘋了。」

「這時將軍夫人在日內瓦病故，女公子寶玲也早出嫁，蘭諾脫街別莊中住著的人，只有傑仕；那個老女僕仍還健在，留著服侍小主人。到了一八一二年，那女僕年邁病篤，臨終前請了兩個人作證。說出下列的一番話來：

『在郝南孟將軍被擒的前幾天，他曾帶了好幾袋寶物，放在別莊上，等到查抄時，卻完全不見。將軍在牢獄裡，忽然畫了三幅一樣的圖畫，暗中差人拿給我，說一幅給夫人，一幅給公子傑仕，一幅給女兒寶玲，說這畫就是他一生的財產。那時我把這三幅畫藏著，等到公子傑仕出獄，才給他看，我們知道老主人把寶物金錢埋在後院裡，預備有機會前去發掘。但後來別莊蒙諭發還，公子已發瘋，我一人雖曾去掘過院子，除了泥土以外，什麼都沒有。』

「老女僕臨終的話，傳揚出去，轟動一時。那時寶玲已死，她的子女得到這個消息，急忙趕來，傑仕出獄後，也曾娶妻，有著子女，他們一起按圖索驥，翻遍了全個院子，結果也是白忙一陣。」

羅蘋聽到這裡，便問：「那麼到現在沒有發現寶物嗎？」

方龍說：「不錯。起初有人疑心，白洛凱得了莊院，捷足先登掘去了，然而白洛凱身後蕭然，不像挖到寶藏的樣子。」

羅蘋問：「傑仕在哪一年去世的？」

方龍說：「他死於一八二〇年，他在世時，有一個怪癖，平日絕不出大門一步，也不跟人家來往；但每年到四月十五日那一天，總要獨自到後面院子裡，在小亭中或石井上，坐到傍晚五點二十五分，才回臥房去。」

方龍說到這裡，好像很莊重似的，臉上的笑容也收起了。

羅蘋說：「傑仕去世後到現在的情形，你可能大略見告嗎？」

方龍說：「傑仕去世到現在已有一百年，每年四月十五日那一天，傑仕和寶玲的後代，總到那別莊中的庭院去，已經成為慣例。起初大家野心未死，還忙著挖寶；可憐年復一年的失望下去，他們無可奈何，只好到那一天，坐在小亭中，祈告神明和祖宗保佑，昭示此中秘密。

「顯赫一世的郝南孟將軍，子孫都已式微，窮苦的不能維生，先是把別莊中的屋子賣出了，再是把花園中的餘地賣出了，如今只剩下一角後院，預備永遠死守，將來也許寶藏有發現的一天。將軍的後嗣中，老叫花子和工人一行人是傑仕的嫡系，孀婦露易郝爾是寶玲的後代。」

「那麼貴律師對於這寶藏意見如何？」羅蘋問。

成分多。」

「我可不大信，因為寶藏的話是老女僕臨終時說的，傑仕又是瘋子，靠不住的

「不錯，我這裡的一幅，是當事人傑仕的後代寄存的；露易・郝爾也收藏著一幅，原是寶玲名下的；第三幅卻失蹤已久了。」

「畫上都簽著紅色的字嗎？」

「這全是傑仕在配框子時親手簽上的，這是二年四月十五日的意思，也就是一九七四年四月十五日郝南孟將軍被捕的紀念日。」

「那幅畫上寫的又是指……」羅蘋說到這裡，忽然改口問：「將軍後代和一些好事的閒人，為了寶藏的事可到這裡來過嗎？」

方龍露出很不高興的神色，說：「該死，鬧也鬧夠了！在一八二〇年到一八四三年之間，這間事務所裡的杜伯律師被將軍那班窮子孫邀去，做了十八次的公證人，監督他們發覺寶藏，結果白忙一番。杜伯律師十分生氣，便定了取費作證的條例，誰要去發掘寶藏，先得繳一千法郎的保證金。」

羅蘋點頭說：「這筆費用倒不小，從此總沒有人敢嘗試了。」

方龍說：「四年前，有一個匈牙利的幻術家，交了一千法郎想去掘藏，約我們作證，結果又叫我們白費了一整天的時間。我們又改定條律，取費要五千法郎；尋

到寶藏時發現的人可以分取寶藏的三分之一做酬勞；尋不到時，五千法郎沒收，分給將軍的窮子孫。這樣一來，僥倖嘗試的人才少了。」

羅蘋突然從袋中掏出五張紙幣來，說：「這裡是五千法郎。」

方龍很詫異的看著羅蘋，說：「甄諾先生，這五千法郎做什麼？」

羅蘋很從容的說：「請你給我一張收據，這五千法郎就存在你這裡；並請轉告郝南孟將軍的後代，明年四月十五日，我跟他們在別莊的後院見面。」

我見羅蘋把五張紙幣放在桌上，知道他白丟這一筆錢，未免暗暗代他可惜，但又不便勸阻。

方龍律師正色的問：「你想去掘寶藏，把這個做保證金嗎？」

「自然。」

方龍倒好意的說：「你犯不著犧牲這一筆錢，我勸你免了吧！院中寶藏的話是靠不住的。我早已說過了。」

羅蘋不耐說：「算了，你給我收據吧！」

方龍取過一張貼好印花的收據，寫著：「今收到甄諾先生五千法郎，作為發掘郝南孟別莊寶藏的保證金。該寶藏如能發現，甄諾先生准分取三分之一為酬，否則沒收。」

他寫完，又對羅蘋說：「我不願使將軍後代空等一年，一定要到日期臨近，才去通知他們；你如果後悔，不妨在約定前的一星期向我聲明，還來得及收回這筆錢。」

羅蘋說：「不，最好你即刻去通知他們，讓他們抱著希望快快樂樂的過一年才是。」

方龍帶笑答應著，我跟羅蘋向他告辭出去。到了街中，我忙問羅蘋：「你可有發現寶藏的把握嗎？」

羅蘋搖頭說：「不，我是在尋開心呀！」

我說：「百餘年來，不知道多少人搜尋的結果總是失望，你倒能夠挖到嗎？」

羅蘋說：「一味挖掘，我羅蘋可不幹這些傻事，這裡應該用點腦筋才對。好在等到明年的今天還有三百六十五天，很夠我仔細思考。可惜我忙人健忘，你總得隨時提醒我呢！」

以後幾個月，我跟羅蘋見面，總提醒他推究畫中的神秘，羅蘋的神色很冷淡，好像不介意似的。後來羅蘋到美洲去，跟我更疏遠了。他在美洲的一個小國家裡，幫助受壓迫的人民，激起革命風潮，終於把暴君推翻。

一邊羅蘋有幾封信，把他的通信地址告訴我；等我寫信催他注意郝南孟寶藏的事，他卻連回信都沒有，叫我好生納悶。

接著我又探聽到孀婦露易的情形。原來露易年輕守寡，跟一個窮少年發生愛情，本想正式結合，誰知那少年的父母不答應，少年只好把她當作情婦，安頓在我對面的屋裡。

我把這些是詳細寫了，告訴羅蘋；不知我的信被郵局失誤，或者羅蘋有意這樣，他總沒有信來。一年容易，我卻暗暗替他著急，這五千法郎，顯然是拋在海中了。

直到四月十五四那天，我在寓中等得十分焦急，不見羅蘋的影子。我吃過午餐，直到一點鐘光景，實在忍耐不住，便雇了一輛汽車趕往蘭諾脫街。

遠遠看見那工人的四個兒子靠在別莊的門口，一見我便飛跑進去，接著方龍律師從裡面出來迎接，只見我一個人，很詫異的問：「那位甄諾先生不曾同來嗎？」

我一邊答應著，跟著方龍律師走到後面庭院裡。那時那裡坐著一圈男女，都是郝南孟將軍的後代，他們的神色好像抱著無限希望，不像去年一樣的頹喪，他們一見我們進來，都站起身，聽我們說話。

方龍向我打聽我友甄諾的事蹟，我只好信口開河的編造著，那些人卻聽得十分入神。

那個胖胖的糕餅司務還說：「我們祖上遺留的寶藏，遲早總有到手的一天，甄諾先生不來也不打緊，我們不用著急呀！」

那位陸軍伍長聽我說起甄諾是退役軍官，以為自己的地位不如他，肅立在旁，帶著很恭敬的樣子。那攜著愛犬同來的富家女，卻含笑問我說：「你那位朋友還是青年嗎？」我點點頭。

「要是這位先生今天失約不來，五千法郎穩是我們到手了。」這是老叫花子的話。

孀婦露易鄭重的問我：「甄諾先生到底什麼時候來呢？」

我還來不及回答，那些人已經七嘴八舌的責備方龍律師：「你跟他訂了約，應該逼他準時到來，怎能隨便不管，讓我們大家失望呢？」

方龍便責備我的不是，說我不該不約甄諾同來，我的心中也在抱怨羅蘋的失約，對於他們責備的話，只好默默忍受，也沒法辯解。

一點半了，哪有羅蘋的影子到來，這些人都很頹喪，兩姐妹不作一聲，坐到石墩上去。

我想羅蘋真的不來，我自己只好趁空溜走，免得犯了眾怒，就在這時，工人的大兒子突然從門口飛奔進來，邊跑邊叫，說：

「遠遠的有一個人，騎著摩托車趕來了！」

接著一個略帶風塵之色的青年，很鎮靜的走進門來。這人頭戴黑色帽子，身披天藍外衣，腳穿漆皮長靴，嘴上沒有留鬚，樣子十分漂亮，正是我的朋友羅蘋。

羅蘋向大家點頭，又對方龍說：「讓你們久等，抱歉之至！」

方龍對著這個青年，露出驚異的眼光，說：「這位可是甄諾先生嗎？」

「不錯，因為我剃了鬍鬚，所以先生不認識了。」羅蘋一邊說，一邊掏著衣袋。

「我袋裡還有去年訂定的契約，先生總能相信。」又回頭吩咐工人的大兒子：「小朋友，我到兩點鐘時，還有別的事情，煩你給我去喚一輛汽車，叫他等在蘭諾脫街口。」

方龍說：「兩點鐘快到了，這裡的事還沒有結束，你能夠分身嗎？」

「到兩點鐘時，這裡的事儘夠完畢了。」羅蘋說著，掏出表來一看，說：「到兩點還有二十二分鐘，儘來得及，我趕路疲倦，很想休息一會。」

他在一個石墩上坐定，那些人圍站在四面，羅蘋又說：「肚子也餓了！」胖子糕餅司務，遞過一方麵包，羅蘋狼吞虎嚥的吃著，好像精神恢復了許多。

他邊吃邊說：「今天早上，我從馬賽搭特快車趕來，不料半路上火車出軌，乘客死傷不少，我只好在那裡救護受傷的人。事後，在貨運車中，找到一輛摩托車，才得當天趕到這裡。對不起各位！」又回頭對方龍說：「這車的車身上有車行的商標，等一會請你把這輛車子轉交給該行，麻煩你了。」

工人的大兒子回來了，羅蘋便問他：「汽車已等在街口嗎？」

那孩子點點頭。

「好的。」羅蘋看了時表一眼，又說：「時刻已近，讓我著手進行嗎？」

我們眼睜睜的看著羅蘋，向左面走去，到日晷儀的旁邊站定。石柱上刻著一個神像，神像的肩上負著一塊石板，石板上本來刻著時刻，只因久經歲月，字跡已模糊得看不清楚。石板的中央，刻著一個愛神的像，插著雙翅，神態栩栩如生，手中握著一支箭，便是指時刻用的。

外面的大鐘，正敲響兩點，那箭指著石板上一個縫隙那裡。羅蘋問：「我要一把小刀，哪一位肯借給我？」

糕餅司務忙遞過刀來，羅蘋拿了向縫隙中伸下去，刮去泥砂；刮到一半，刀好像被什麼擋住，再也劃不下去。

羅蘋立刻放下小刀，把大拇指和食指伸下去，取出一件東西，放在掌中，交給方龍說：「方龍先生，我已找到一件好東西！」

大家看去，在方龍的手中，燁燁的閃著奇光，正是一顆琢磨精細的大鑽石！羅蘋又在那縫隙中，接連著一顆顆的挖掘出來，四面的人看得如痴似醉，作聲不得。

糕餅司務和陸軍伍長在那裡一疊連聲的直呼上帝，工人夫婦呆呆的捧著頭，像喪失了神志；富家女在草地上長跪祈禱，兩姐妹很乏力的倒下去，孀婦露易推著那小女孩，喃喃歡呼著。

這時只有一兩分鐘的工夫，方龍律師的手中放著十八顆大鑽石，珠光寶氣，映得人們眼都花了。

一群人不禁手舞足踏，歡呼「甄諾先生萬歲」；然而趁大家忙亂的時候，這位甄諾先生已經不知去向了。

幾個月後，我才和羅蘋見面，立刻詢問他關於寶藏的事。

羅蘋說：「我略一思考，已明白了畫中的秘密。據說傑仕出獄後，重入蘭諾脫街口別莊，已經發瘋，大門不出；每逢四月十五日那天，總到後院的小亭裡，坐到五點二十七分才回房。我知道這情形，就推想到寶藏的事和四月十五四那天定有關係，和時刻也有關係。

「我還知道道上面幾個紅色的字，是傑仕出了獄簽的，那時他並沒有瘋。『15，4』自然是指四月十五日，問題是那個2字，如果是指兩年，他可以簽一七九四年四月十五日。現在這樣新舊曆混在一起，不是非驢非馬嗎？我因此認定這個2字並非指年分。

「回憶郝南孟將軍被捕，在四月十五日午後，我便假定2字是指兩點鐘。並且聽說民軍圍屋時，將軍曾趕到後面庭院中去。我既然把2字作為兩點鐘，聯想到院子裡和時刻有關係的，是那日晷儀。

「四月十五日兩點鐘，日晷儀上那隻箭的影子，正落在石板的縫隙上，我那時在日晷儀旁，看到這情形立刻明白了。

「郝南孟在被捕時，大概把所有的現金都拿去買了珠寶，藏在秘密地方；他在當時趕到後面院子裡，把珠寶藏在日晷儀的縫隙中。我這樣一想，便用小刀挖掘，果然如願以償。」

「按照約定，你該得三分之一的寶藏了。」我問。

羅蘋說：「不！第二天我到方龍律師事務所裡，見將軍的後代為了分取寶藏，鬧得落花流水，總是分不均勻，還怪我不該讓他們發現這些鑽石，我倒窘得說不出話來。孀婦露易從中調停，在十八顆鑽石中，揀了最次的一顆給我作為報酬；我想他們都是窮人，就算了。如今露易得了橫財，她那情人的父母答應他們的婚事，她總算可過那雙宿雙飛的生活了。」

請續看《新編亞森・羅蘋》之4 奇案密碼

新編亞森・羅蘋 之3 七心紙牌

作者：莫理斯・盧布朗
譯者：丁朝陽
發行人：陳曉林
出版所：風雲時代出版股份有限公司
地址：10576台北市民生東路五段178號7樓之3
電話：(02) 2756-0949
傳真：(02) 2765-3799
執行主編：朱墨菲
美術設計：吳宗潔
行銷企劃：林安莉
業務總監：張瑋鳳

初版日期：2022年12月
版權授權：胡明威
ISBN：978-626-7153-40-6

風雲書網：http://www.eastbooks.com.tw
官方部落格：http://eastbooks.pixnet.net/blog
Facebook：http://www.facebook.com/h7560949
E-mail：h7560949@ms15.hinet.net
劃撥帳號：12043291
戶名：風雲時代出版股份有限公司

風雲發行所：33373桃園市龜山區公西村2鄰復興街304巷96號
電話：(03) 318-1378
傳真：(03) 318-1378
法律顧問：永然法律事務所 李永然律師
北辰著作權事務所 蕭雄淋律師

行政院新聞局局版台業字第3595號 營利事業統一編號22759935

定價：280元

國家圖書館出版品預行編目資料

七心紙牌 / 莫理斯.盧布朗著. -- 臺北市：風雲時代出版股份有限公司, 2022.10

面；　公分. -- (亞森羅蘋經典全集；3)

ISBN 978-626-7153-40-6 (平裝)

876.57　　　　111012796